心静下来，
就闻到了香气

Calm down and smell the aroma

舒童——著

青岛出版社
QINGDAO PUBLISHING HOUSE

图书在版编目（CIP）数据

心静下来，就闻到了香气 / 舒童著．—青岛：青岛出版社，2016.6
ISBN 978-7-5552-4017-4

Ⅰ．①心… Ⅱ．①舒… Ⅲ．①散文集－中国－当代 Ⅳ．① I267

中国版本图书馆CIP数据核字（2016）第 106231 号

书　　名　心静下来，就闻到了香气
著　　者　舒　童
出版发行　青岛出版社
社　　址　青岛市海尔路 182 号（266061）
本社网址　http://www.qdpub.com
邮购电话　010-85787680-8015　13335059110
　　　　　0532-85814750（传真）　0532-68068026
责任编辑　那　耘
选题策划　郑新新
版式设计　李双儿
印　　刷　三河市南阳印刷有限公司
出版日期　2016 年 6 月第 1 版　2016 年 6 月第 1 次印刷
开　　本　32 开（880mm×1230mm）
印　　张　8
字　　数　100 千
书　　号　ISBN 978-7-5552-4017-4
定　　价　35.00 元

编校质量、盗版监督服务电话 4006532017
青岛版图书售后如发现质量问题，请寄回青岛出版社出版印务部调换。
电话：010-85787680-8015　0532-68068638

「前言」

南方有一种竹子，起初长得很慢，3 年时间只长了 3 厘米，着实让人着急。但是从第四年开始，它便会以每天 30 多厘米的速度疯狂地生长，仅仅用了 6 周的时间就长到了 15 米。在沉静的夜晚，如果到树林中，你甚至可以听见竹子生长时那拔节的声音。

这个看似被施了魔法的树木成长史，恰恰是对人生成败的最佳隐喻。

竹子在生长的前三年里，它便将根在土壤里不断地延伸，为充足地吸取养分做足了储备，这才有了第四年的厚积薄发。在人生奋斗的道路上，我们又何尝不需要这样呢？没有耐得住寂寞的思考和持之以恒的积累，就不可能有起跑时那强大的爆发力，成功也就不会那么容易。

竹子的"潜伏期"是 4 年，你呢？对于未来，你有多久没有静下来认真思考过？几天，一个月，还是从来都没有？

穿过熙来攘往的人群，有的人忘我地不停奔跑，衣衫被汗水湿透，脚步却早已疲乏无力，是典型的为了奔跑而奔跑，忘记了当初为什么出发，也忽略了沿途的一切美好。

在他人奔跑的路上，有的人一直若无其事地坐在路边的石阶上，看着别人如风般倏然而过，心中却了无波澜，太过于静止而没有行动力的生活让他忘记了为什么选择沉默与静坐。

这两个极端，都不同程度地在每个人身上发生过。在物欲横流的社会，有谁不为生计奔波，因此难免要匆匆赶路；突然得闲后的时光，又有谁不曾感到自己已经不适应寂寞，不知道下一步该做什么，这是人之常情。

是时候该给自己一段时间，让自己"暂停"下来，静静地想一想未来的路该怎么走了。

别让忙碌的生活为心情染色。"我太忙了，停不下来！""我忙得很，根本没想过以后的事儿！"当今社会，忙碌是常态，没有忙碌，我们如何生存？也许眼前的生活境遇，并不是你对美好生活的期许，但要知道，并不是所有的忙碌都了无意义。忙碌不是坏心情的催化剂，反而是督促自己、深刻检视自己、警醒自己、鞭策自己的不二动力，我们只有充分地利用在忙碌中学习到的本领，去铺垫未来，这才是王道。

别因屡次做错就将梦想冷落。"又错了！看来是不可能了！""我该怎么办？"相信你和我，在前行的路上，都曾发出过这样的慨叹。人非圣贤，孰能无过？我们无法预料通向未来的路中哪一条是最佳捷径，因此而走错，因此而披荆斩棘，但这又何尝不是一件有益的事呢？要相信柳暗花明又一村的景致早晚都会到来，早晚都会为你带来惊喜。

别因为小有成就而失去了自我。"我考上了研究生！""我创业走出了第一步！""我买了房子！"我们取得的所有成就，又会因为付出了如此多的艰辛而显得分外有意义。可是，我们仍旧要记得，因与果时刻相连，成与败互推互演。时光流转，社会发展格局瞬息万变；斗转星移，行业变迁只在一夜之间。今天的成就是否是永远的成就尚不得而知，唯有不断地"积跬步"，方可以"至千里"，螺旋式上升符合成功定律。

因此，我们要静下来，听一听风吹花朵盛开的声音。唯其如此，我们才能通过洞悉静的力量，掌握静的内涵，让自己在乱世之中找到属于自己的宁静和淡然。这份宁静和淡然，写在脸上，藏在心中，是真正的金子——贵重、稀有，而又难得。

静下来，看天上流云，看风雨变幻。于檐下看天，鞋不沾尘与土，身不染雨与风，可心却在风雨尘埃中穿行。在静中感悟自然之动的力量，让平静的外表下，容纳一颗不羁的闯荡之心，何乐而不为。

静下来，系好鞋带，背好行囊，准备出发。该出行的时候，就带着梦想出发吧！毕竟，天涯有梦，还需仗剑行走，勇敢去追。这是让积累和储备爆发的时刻，这是人生中比成功更有意义的行动，是永生不会被忘记的风雨之行。

别问今日是何时，只需记得出发为何事。

台湾老人赵慕鹤，74 岁独游英、德、法，87 岁陪孙子考大学，91岁从台湾高雄市立空中大学文化艺术系毕业，98岁获硕士学位……105岁时仍在新竹清华大学中文系旁听，不迟到、不早退，还打算报考博士班。事实证明，努力没有固定的时间起点，不管何时何地，都不晚，不要为自己设限。

你值得欣赏更好的风景。

这本书，就是让你有所启迪、有所思考，去欣赏独属于你自己的风景。

目录 CONTENTS

第一章

PATER ONE

静下来嗅，生命是一种香气

　　有人说，生命就是一场竞赛，从我们被孕育的那刻起就开始了竞争。我们在奔跑中求生存，在无休止的急速奔跑中求得高人一等。这种观念慢慢地成为思想的惯性，以至于我们以为，生命就在于"运动"。但事实上，生存也许在于跑起来，可生命，却一定是静下来才能感受到的。生命是有意义的，是一种精神与肉体同在的境界，它不仅仅是生出来、活下去。

1. 富和贵，两个你都该要

如果能够做一个全民性的调查，访问大家对人生的终极愿望，想必有相当大比例的人，会先期盼自己有一个"富贵人生"。在我们的理解中，富贵是一种"稳定"的幸福，它代表着长期的衣食无忧、悠闲自在，冠以"富贵"二字的人，是不需要为经济问题发愁的——听着就令人向往。

然而，我们对富贵的解读，却是出现了偏差的。我们以为"有钱就是富贵"，其实只说对了一半。"富"是财产充沛，是不缺钱花；"贵"则有其他的意义——它往往是指自身修养好、文化水平高、对生活有一定的品味。这两个字连起来，就是所谓的富贵，形容的是既有物质又有精神的群体，即为"富贵阶层"。

虽然在今天，我们还在无比向往"富"的境界，但这只是被它迷惑了我们的双眼。当有一天，我们真的不用为钱财奔波操劳时，银行账户上有了一笔无须担心重大变故的数额时，我们也并不会觉得多么充实和开心。因为财富永远无法让我们的生命变得有意义。如果不信的话，拿着几百万肆无忌惮地去花，购物、旅游、买房、买车、吃大餐，不管你怎么享乐，得到的都只是暂时的新鲜和刺激；当占有的喜悦退去时，你仍然会感觉百无聊赖、闷闷不乐。

怎样才能把人生的意义发挥到最大呢？这时就必须得请"贵"出场。"贵"不是说我们要拥有多么高贵的地位，不是颐指气使，把所有人都踩在脚下，让别人仰望自己。"贵"是特别简单又特别快乐的事情，它是让你好好地做一件帮助别人的事情；它是你花时间认真地钻研了自己的爱好；它是你读了一本书、获得了一点知识，甚至只是对别人微笑了一下。也许我们很难给"贵"下一个具体的定义，但它有章可循——那些没有功利性却能让自己开心、给别人带来快乐和方便的事情。

一个只有"富"没有"贵"的人，不会是快乐的人；一个只追求"富"，不在乎自己是否"贵"的人，也一定成不了真正的"贵族"。我们把那些只知道挣钱，再也记不得年少时心中梦想的人，叫作"挣钱的机器"；我们笑那些只会大把花钱，追名牌、包场子，却没有自我审美和认知的人，是没有品味的"土豪"；我们哀那些一辈子为了房子和车子把自己当陀螺来忙，忘记了陪伴家人、没有一点爱好和休闲的人，称之为"房奴""车奴"。这些在"富"上下足工夫、紧追不舍的人，八成都以为"贵"是"富"的影子，有钱了就高贵了、高雅了。但到头来，他们身上除了多点儿名牌，除了改善了一下自己的衣食住行，精神上却没有一点值得骄傲的东西。他们依然不知道博物馆的大门朝哪边开，不知道莫奈是写小说的还是唱歌的，不知道是海明威还是牛顿发现了地心引力，不知道《简　爱》写的是生化危机还是奴隶制度……

当然了，我们并不是说，对文化、对历史等学科了如指掌的人就是一个高贵的人。但要想让自己的生命充实些，我们至少要有健全、端正的世界观、价值观、爱情观，而不是把看世界、评价值、选爱情的方法都冠上"钱"的标准。

今天很多人还会犯的错误，就是常常以"钱"的多少来衡量一个人，以有多少人脉、多少权力来决定自己要不要和这个人交好。这类人的下场很简单，轻则众人看之不起；重则人生不会有一个真正意义上的朋友，也不会有一个灿烂的前途。东方卫视的社交服务节目《四大名助》第二期里就有一个非常不错的男人。他上来"控诉"自己的发小是一个特别抠门的人：经常鼓动朋友请客，朋友让他请客吃饭他却能推脱好多天，甚至玩消失；结婚大事，朋友帮了好几天的忙，他竟然把婚宴上剩下的菜和饮料一拼，当作对朋友们的答谢饭；更夸张的是，他能把早上起来必要的"方便"忍到公司去解决；把家里能带出去充电的全带到公司充电；每次只加20块钱的油，生怕过几天油价下降了；给自己老婆的零用钱一年只有不到一千元，包括买衣服和护肤品的开销……这个男人一段话说出来，主持人和观众发出了不屑的笑声，并向"抠门男"投来了鄙夷的目光。所有人也都觉得，这个男人一定是来向大家诉说自己的朋友多么小气、想在多年吃亏后捞回来一些的。但是当主持人问他上节目的目的、为什么要和这样的人做朋友时，他真诚的话语却把所有人都打动了："我觉得交朋友跟这些因素没有关系，朋友交的是感情。我来这里的目的，是希望大家能劝劝他，让他不要这么为难自己，人生苦短，我在他身边看着，很替他难过……”此刻淡淡地说出自己内心感受的男人，不知比那些嘴上整天是"人脉"、把哥们儿当利用工具的人强多少倍。如果我们在场，也一定会觉得这个男人有人味儿，是我们生命中的贵人，这个朋友交得有价值。

再看那些富贵之人的私人生活。我们很难把每天除了赚钱不知他事的人和"富贵"两个字联系起来。富贵的人在私下生活中是怎样的？我们想象一下的话，大多是在有限的工作时间之余，弄弄花草、钓钓鱼，做陶瓷工艺品也好，看书下棋也罢，从这样的人身上我们总能看到除了平静、平静之外，还是平静，而跟终日急赤白脸地争利益的人完全不是一个气场。用今天我们国家经常使用的一句话是："物质文明和精神文明两手都要抓、两手都要硬。"物质让你成了一个富人，你要学会用物质来为自己的精神服务，让精神生活丰富起来，精神是最终的目的，是让我们快乐的根源。而富贵说到底，就只是一种手段而已。

一个开理发店的小老板，每天接触到各式各样的客人，见过不少有钱人，慢慢也沾染上了有钱人的"豪气"，天天开口闭口只会谈论哪些人有钱、哪些行业让哪些人发了大财。见人就说："你现在挣多少钱？你老婆现在挣多少钱？挣得不多啊，考虑过改行吗？我听说我家楼上住的男的，包了个绿化小工程，挣老鼻子钱了。咱也干去？你现在一年带媳妇出去旅游几回？出国吗？一回太少吧，一年起码不得两回旅游，其中一回去国外啊？你待会儿走的时候捎上我，我的车让我对门开走了，他个穷鬼，连辆车都没有……"俗话说得好，人以群分，不过两年的时间，来这个小老板店里的顾客就清一色全成了和他一样求"富"的人，那些原本还交心的朋友，再也不愿和他聊天了。

也有的人说："我知道'富'和'贵'都应该有，但不是应该先来一样再说另一样吗？"有这样想法的人，注定要在只追求财富的道路上越走越远。财富和精神是互不干扰的独立体，要是不懂得为自己获取精神上的快乐，那么哪怕你成了千万富翁，也只能在金山的阴影下生活；如果你愿意成为一个精神富足的人，那么即使你现在的生活限于窘迫之中，你依然有"悠然见南山"的智慧，有提早把精神泡在蜜罐里的能力。

2. 是别墅的主人，还是保姆的奴隶？

近几年，网上流传着这样一个小段子：夫妻两个人，耗尽家财、背了一身贷款买了一套海景别墅，每天起早贪黑、风雨兼程地为还贷努力。而他们请的保姆，每天做得最多的事情，就是悠闲地看着大海，抱着小狗喝咖啡。有网友笑问："这对夫妻到底是别墅的主人，还是保姆的奴隶？"

虽然在别人的豪宅里坐享其成并不是保姆的心计，但保姆的确达到了"以静制动"的效果，她每天除了扫扫地、洗洗衣服、做做饭，剩下的时间惬意得不得了。而急着在别墅的房产证上写上自己名字的夫妻俩呢？也许他们在余下的几十年里，对房屋的使用范围与租来的小房子相比没有什么区别——每天在外拼搏到很晚，回家就睡觉，起床就出门，除了床很少享用到其他的别墅设施。可当一个人睡着了，床的好坏又有多大区别呢？而买别墅的巨额贷款，可是实实在在的额外负担啊，这样的负担与那微不足道的享受相比，孰轻孰重，想必这笔账谁都能算得清。

买别墅的人是大手笔，但相当多的人也用相对的"小手笔"选择了与自己能力不相符的消费，比如大把的人贷款买了大房子、贷款买了好车，个别人甚至贷款买手机、买电脑……也许有人会说，贷款消费是当今社会一种消费新趋势，不管有钱没钱，人们都可以选择先用银行的钱来消费，让自己的钱在一定程度上产生多种用途，或者可以在一段时间内应对突如其来的需要。但你有没有想过，那些有足够的能力去偿还贷款的人，并且有能力把多在自己手里捂了会儿的钱，去做投资、去生钱，真正达到了省和赚的目的，才对得起"贷款"两个字的，才让贷款变得有价值。而那些贷款只是为了提前享受好的物质的人呢？贷出了款的时候高高兴兴，还款的时候百爪挠心，岂不辜负了贷款的真正意义？不夸张地说，这也是落入了银行的"圈套"——从此开始了无穷无尽的还贷路程，挣的那点钱，只够填上不断累加的利息。

也有人持这样的观点：房子不断涨价，即使现在不贷款，把钱存起来，几年后水涨船高，等房子一涨价，存的那点钱还是买不起房子。还不如现在就给自己一个约束，提前与银行签下"生死状"，也省得把钱用来吃喝玩乐了。这种观点错在哪里呢？什么当年马化腾有 50 万，没有买房子，和朋友创造了腾讯；什么马云每天吃泡面，把钱省下来创业……这样的梗的确很老，但这样的套路永远不过时。虽然并不是每个人都能当马云，也不是每个人都能创造出像腾讯一样改变人们生活、改变自己命运的产品——毕竟这样的"千里马"不多。但只要你有个想得开的头脑和一颗沉得住气的心，谁能保证你不会让自己从普通上班族晋升到中产阶层呢？

武小姐和刘小姐，是同一个公司的文员，主要负责为一些活动编写文案。这个工作听起来还不错，但因为公司的人员架构已经特别成熟，想在本职工作上干得出色比较简单，而想在出色表现后晋升，却是比较困难的。武小姐和刘小姐是不错的朋友，经常私底下讨论这件事，哀叹自己前途渺茫。可要说以跳槽的方式取得更好的待遇，两人也都没有足够的信心。

既然暂时没有大动作，日子就这么有规律而闲散地过着。武小姐美美地谈了个恋爱，日出而作，日落而约，过得不亦乐乎。刘小姐心里却没法平静，她留了个心眼儿，强迫自己把每月还算可观的薪水到银行存三分之二；公司的运营，她也慢慢地上了心，每天不是假装自己是老板，就是部门经理，一个活动她虽然只写个文案，但操的心却是全套的。

5年后，刘小姐存了15万块钱，果断辞职，开了一个属于自己的工作室，经营同样的业务。武小姐也攒了些钱，不多不少7万块。刘小姐叫武小姐来入股，或者在其他行业开辟一小块地方，创造一个属于自己的小事业。武小姐想了很久，决定和未婚夫一起买房子。刘小姐以为的好前途是工作室，武小姐则觉得嫁人是自己的第二个春天。于是，两人分头行动。

又是一个5年。刘小姐的工作室稳步发展，其规模有望扩大到公司。武小姐在一线城市供着房子，日子紧巴巴，还向刘小姐借了几次钱。此时，两人的生活状态已经不可同日而语了。

马云说："年轻人，你不去创业，不去旅游，不去接受新鲜事物，不去给身边的人带去正能量；整天挂着 QQ，看看微信，逛逛淘宝，拿着包月的工资，干着不计流量的工作，千篇一律地重复着昨天的生活，干着 80 岁老人都能做的事，等着天上掉馅饼的美事，你要青春有什么用？"

我们也可以说：如果你年纪轻轻，就走入供房子、供车子、供孩子的生活，每天重复地做着挣票子、装孙子、伤身子等诸如此类的事情，其目的只是为了像别人一样在差不多的年纪买房子，差不多的年纪走入婚姻，差不多的年纪生个孩子，然后和别人一样过差不多的生活，那么岂止青春，对生命不也是莫大的浪费吗？我们来到这个世上，也不过是为人类的繁殖做了一点儿贡献、为经济发展拉动一点儿数字而已。

当然，国内的现状让年轻人不得不早早为一些身外之物开始紧张。因为房价高，所以恨不得一毕业就开始漫长的供房旅程，争取早日完成；因为很多人都会拿私家车的牌子来决定对一个人的态度，所以我们做梦都想早点开上车，最好是让人听了就激动的牌子；因为中国人喜欢"拼孩子"，所以每对父母从怀孕开始，就会为奶粉担心，为幼儿园担心，为特长担心，为重点中学担心、，为孩子能不能穿名牌而担心。一些东西，好像我们一旦拥有了，或者比别人早一步拥有了，就特别值得骄傲、高人一等。所以我们急，急着赶紧得到，也不在乎是不是本末倒置，或者是不是相对于最终的目的地——人生的价值和快乐来说，绕了远路。

可你有没有在夜深人静的时候，在有点怀疑自己重复机器人一样的生活之时，问自己这样一个问题："我为什么要在成年后自动进入这样的轨道？我为什么不能脱离这种没有意义的安全感，去做自己想做的事情？我在害怕什么？"也许当你脑中第一次出现这个念头时，会被自己的大胆吓一跳，更想牢牢抱住世界安全感中的一根杆子。但当你把这个问题想过上千遍，一定会在某个瞬间豁然开朗：怕什么失败呢？怕什么孤注一掷呢？用年轻和生命来做赌注难道不是更精彩吗？如果我的生命能量有 100 份，那么我宁愿用全部的能量在可以拼搏的年纪里搏一次，也不要把这些能量平均分散在几十年里，过着不痛不痒、没有波澜的温水生活。而当你放手去试，哪怕失败了，你会发现，100 份能量并不会在这次失败中消失殆尽，它们反而会更强大、更柔韧，累积成下一次拼搏的资本。一次，两次，十几次，它只会越用越多、越用越强。有一天当你停下脚步时，你一定会惊奇地发现，你的能量已经多到令自己都感到意外，也刚好多到你有足够的信心和经验去成就一件自己特别想成就的事情，无论是创业还是实现往日的梦想。

3. 想了就做、做了再想，再牛也得"挂"

要是有人总结一下历史上有多少个特别牛但没有好结局的人，恐怕能写几本书，这样的人数不胜数。牛人不是都能站在时代的浪尖吗？为什么会以失败或惨死告终？这其中的原因也是五花八门的，我们虽然很难总结到位，但有一种"牛人作死法"一定在原因中占据了不小的比例，那就是脑袋热、脑袋空、办事不带脑袋。

我们来拆解一下这个命题。首先说，什么样的人特别牛？不外乎两种：文有治世辅佐之才，武有傲视群雄之勇。各朝各代，不管是牛文人还是牛武将，都多到数不清。接着是脑袋热，这在历朝历代也不少，就是指那些恃才傲物、夜郎自大、办事不过脑子、说话傻里傻气、得罪人不知道、走错路还挺高兴的主儿。前后两个要素是不冲突的，完全可以完美地结合在同一个人身上。能将两者在自己身上融会贯通的人，就是那些"作死的牛人"。

这样的人有一个统一的特点，就是"想了就干（说）、干（说）了再想"，作死不留后路，给别人留下不知多少把柄，最后成功地被自己打败或打死。说到武将中的典型，不得不提项羽。项羽身高八尺多、力大无穷、勇猛盖世，当时的天下没几个人能比得了。世代为楚国将领的家世，也不是一介小流氓刘邦能比得了的。项羽本身的成就也赫赫卓著，楚霸王这个名号不是白给的。但就是这样一个牛人，还是让没家世、没背景、没特长的刘邦打败了。所谓不会用人、莽撞无脑，其实总结起来就是一句"说话做事不动脑子"。这种性格在他年轻的时候就体现出来了。当年秦始皇坐着大船到会稽游玩，项羽与项梁一起观看，见秦始皇声势浩大，项羽竟然开口说："秦始皇是可以被取代的。"言下之意是秦始皇没什么了不起的，自己也能做和他一样的事。侥幸秦始皇没听到这句话，否则就没有后来的楚霸王了。这是项羽想到就说的鲁莽个性。

　　以项羽的实力来说，后来和刘邦的多年缠斗，没有任何输的可能性，除非不出拳只挨打，但他还是屡屡犯二，在一个处心积虑、心机颇重的老流氓面前输掉了。究其原因是，他对事情没有基本的判断力，让刘邦耍得团团转。范增本是项羽的忠心谋士，是他麾下为数不多的人才之一。范增建议项羽与自己合围荥阳，把刘邦消灭。刘邦使了一个小小的离间计，就让项羽对范增产生了怀疑。一般领导对于这样关键性的人物所采取的措施是，怀疑了就查，找个人盯着，再不然亲自过去盯着。项羽的想法非同一般，他直接剥夺了范增的权利。范增没有想到项羽竟然会怀疑自己和刘邦有勾结，十分气愤，于是告老还乡，在归途中病死。项羽本来就没几个有才的辅助者，现在少了一个，就像断了一条胳膊。他的处事风格是想一出是一出，设计鸿门宴，本来想杀死刘邦，人家说了两句好话，送了一点小礼物，他就飘飘然了，想着先占便宜再说。现在倒好，放虎归山，注定了最后的败局。项羽鲁莽、冲动到了怎样的极致？他的每一个行动、每一句话，都是很好的论据。就是这样一个外人不能理解、自己独有见解的牛人，美好的一生硬是被自己毁了。

文人有谁呢？浮现在我们眼前的，应该也少不了一个叫杨修的"傻帽儿"。在所有中国历史读物中，没有一个人物形象能够比三国里的曹操刻画得更详尽、更丰满了。有人叫他枭雄，有人叫他奸雄，他胸怀大志，军事才华天下无双。但他又是心眼儿最多的人，一会儿好一会儿坏，好好坏坏，参差错落，让人分不清楚。为什么他这个人的表现是这样呢？他那句传世名言就很贴切地做了解释："宁教我负天下人，休教天下人负我。"可见他善于用人，但又极端地怀疑人。杨修其人，用今天的话说就是"高智商、低情商"。此人的智商可高出别人三大节，甚至可能不比才华盖世的荀　逊色。曹操玩的几个小游戏，比如在点心盒上写上"一合酥"，在门上写个"活"字，可能也只有他和荀　能看懂了。但荀　情商何等之高？他特别清楚曹操的哪些心思该由自己说出来，哪些心思打死也不能说。何况这种与大事完全不沾边的小娱乐，根本不值得自己一说。杨修的情商，这时给他的命运转了一个大弯——他只看了一眼就让仆人们分吃了点心，瞄了一下就让人拆门，这就等于找死了。果然，曹操没有辜负自己的名声，也没有"忽视"杨修的聪明，在多次被杨修说中心思之后，赐给他一死。

在"想了就干、干了再想"的思想指导之下，再牛的人物也都"挂"了。何况我们一介智商平平、情商一般的小民？今天的政治虽然不是古代的君主制，环境也不似从前战争不息，但很多人没有搞清楚的是，职场就是一个小政治圈子，社会就是战场啊！好多人认识不到这一点，把公司当作自己的家，把社会当作旅游胜地，想说啥说啥，想干啥干啥。思考吗？可能也思考，但都是在说话之后、办事之后。可水泼出去，该得罪的人已经得罪，该露的傻也露了，该办的事全砸了，思考还有什么用？当作下次经验吗？不，不，不，这样的人，下次还是先说再想、先干再想。

再往大了说，创业也好，拼事业也罢，还有处理家庭大事，有些人的人生格言是"干了再想"，认为"想"浪费时间，"想"就是犹豫、不自信、没主意。其实抱着这种想法就大错特错。还没做好计划就开始的事，都难以成事；当前的人生阶段还没过好，就赶着进入下一个阶段，你的成熟度和承受能力远未达到，结果就是既没有得到前一个阶段该有的全部收获，也难以达成新阶段对自己的要求，相当于赶的这一段路全都浪费了。这就好比为了省钱，在地摊上买了一件不好看的衣服，但回家之后怎么都不想穿，最后只能扔掉，结果，省钱最终变成了浪费钱。

　　"想"，这个活动很重要。包括你说的每一句话，你想做的每一件事，先想一想都是非常必要的。说话之前，九曲回肠走一遍，看看是不是会刺伤自己，是否容易引起误会，说出来的话是否委婉动听，使得好话更好听、不好的话也说得像好话一样好听，说的人高兴，听的人也不生气，这多好？做事之前，把前因后果在脑袋的沟壑中绕几遍，哪里不妥当、哪里需要补充、哪里可能会有风险、哪里必须预备好补救措施，想的这个过程其实就是在做事了，想得好一点儿、完善一点儿，事情就做得好了几分、向成功迈进了几步。想，甚至已经不能只当作话前、事前的一个活动了。你没底气的时候，多想几遍，事情就会清晰一点；你有底气的时候，更要多想几遍，以免自己冲动坏事。

　　有句调侃人的话："虽然你长得丑，可是你想得美啊！"

这看起来是损人，但我们何尝不能把它当作提醒呢？对啊，就是因为怕说的话"丑"，才要往"美"了想；是因为怕事"丑"，才要拼命把它计划成美事一桩啊！

4. "先静静"，专治脑袋发热

脑袋发热是个什么感觉？想必生活中我们都曾有过这样的体会：在某些事情或环境的刺激下，神经变得兴奋，大脑思维特别活跃，在兴奋之火的烘烤下大脑也有点空白。这时，我们最想做的是什么？就是要做决定，不顾一切地做决定，前因后果不再考虑，只一心想把平时不敢说出口的话说出来，把不敢做的事情做出来。脑袋发热的人，就像热锅上的蚂蚁，急切地想寻求出路，冲动之下往往做出无法挽回的错事。

脑袋发热会误导我们走向怎样的境地？这样说吧，如果一个人能做出最错误的决定是十分，那么脑袋一热，做出二十分错的事情也不足为奇。这并不夸张，不冷静其实就是拽着我们的思维向与理智相反的方向跑，只说此刻想说的话，做眼下想做的事，错误已经掀起巨大的波澜，或许还自我感觉良好。

什么样的人在什么样的情况下最容易脑袋发热呢？总结有以下几种。

那些脾气急躁、武断专横的人，一定榜上有名。武断专横的人，最大的特点是认为自己永远占据道理和道德的高地，默认设置是自己的决策永远正确，并且不允许任何人改动此项设置。这样的人，往往还有一个"并发症"，就是脾气急躁。反正我是对的，不管早晚我都是对的，还不如赶快表达出来，让大家快点知道我是对的。于是乎，常常是自大、愚蠢的言论行为，以火箭般的速度暴露无遗。

孙琦此人奇得很，他有生以来笃信着两件事：第一，自己永远是正确的。第二，就算别人都说自己错了，评定标准也参照第一条。有这样两条雷打不动的信念，他说话做事的方式特别如一——简单粗暴。在如此言行举止的影响下，"他的人生过得非常顺利"——上学期间、工作期间的人，全都被他划分为"不可交的神经病"。

幸运的是，孙琦还有不离不弃的家人，自动屏蔽了他的这一个性，继续对它扮演着温柔包容的"生命随从"，接受他毫无道理的无稽言论和毫无预兆的过分行为。可他们越是委曲求全，孙琦就越认为自己是全天下最讲道理的人。

28岁那年，孙琦迎娶了恋爱仅仅4个月的女友。这场"闪婚"是孙琦的家人全力促成的——夜长梦多，他们恐怕这个女孩像孙琦前几个女朋友一样，一旦识出"庐山真面目"，就不愿"身在此山中"了。家人的想法是，如果他们俩结了婚，孙琦就会被磨合得随和一些，所以也不算害了人家姑娘。

谁知道，结婚之后的孙琦，本性不但一点都没有收敛，反而变本加厉。孙琦的妻子工作是撰写文案，有时白天忙不完，必然要带回家加班。将电脑放在卧室，妻子稍微做得晚一些，孙琦就大发雷霆，说妻子打扰自己睡觉，有时直接跳起来把电脑关掉，妻子好几次辛苦劳动的成果都被他毁掉了。后来，妻子把电脑搬到客厅。孙琦还是不满意，说妻子熬到太晚，总是不能起床做早饭，自己还得到外边去买。不只这样，孙琦还对妻子各种挑剔。他早上临时想穿某件衣服，妻子还没来得及熨烫，他就指责妻子"懒""失职"。下班回家后，他看到桌子上摆着清粥淡饭，而自己想吃肉，又会发一通脾气。和妻子出门时或者家里来人时，他的表现就更夸张了，把妻子像仆人一样使唤，并且想羞辱就随时羞辱几句，显示自己的大男子主义。

不足一年，妻子就再也无法忍受，向孙琦提出了离婚。

当然，面对这样"奇葩"的表现，即使全世界的人都"孤立"他也无可厚非。

还有一种人也很容易头脑发热做出"二"、"傻"、"缺心眼儿"的事。这类人的主要特征是：智商低，情商低，最关键的一点是特别爱表现自己。为什么智商低还爱炫耀？不要惊讶，情商低的人什么事情都干得出来。

一个从小到大都没出过远门的女生，要到外地去上大学，爸爸护送她到学校，她在宿舍里当着其他同学的面，拉着爸爸的衣袖，哭着让他别走。一个近20岁的女生还能做出这样的举动，别的同学都看呆了。然后，爸爸心疼地说："爸爸有空就来看你,你在这里和同学好好相处。"说完,抬头对其他小姑娘说:"麻烦你们多照顾一下我家曼曼,她从小没有离开过我们,独立性比较差。"那个叫曼曼的女孩立刻抬起头,说:"我才不让别人管!她们懂什么?我只要你和妈妈!""我们不在的时候你怎么办?""我自己也能过好,我什么不会啊?"好了,就这两句话,原本还带着一丝怜爱看待她的同学们,立刻变了脸,各自收拾自己行李去了。

果然不出所料,在接下来严酷的军训里,曼曼很快就支撑不住了,她的被子叠不好,桌子收拾不好,衣服也总是乱糟糟的。挨了好几次训,她还不服气:"这有什么难的?我看别人做得也不怎么样。我是懒得收拾,我要是认真起来,谁都没我厉害!"她继续发扬着自己"大无畏"的"高智商""高能力"的情怀,别人也都自动屏蔽了她的信号,只把她当空气,当然也谈不上"照顾"她。很快,曼曼不仅成了"独行侠女",还是个特别脆弱的"独行侠女",她吃饭一个人,上课一个人,买东西一个人。至于逛街嘛,就谈不上一个人了,因为没有别的姑娘做伴,她根本找不到哪里有商场。

做人，要像大海一样深沉。即便有智慧、情商高的人，也要韬光养晦，深藏功与名，更何况我们只有三分之一瓶子的醋呢。做人，要学会不显山、不露水，厉害的技能尚不可随便外露，笨拙之处就更要学会藏起来。每个人都有自己的短板和缺点，即使再优秀的人也是如此。但如何能尽量忽略短板的功用，不让缺点主宰自己的言行，就是要学会冷却自己的大脑。头脑经常发热的人，都是那些把短处和愚蠢暴露在别人面前的爱好者。遇事的时候，一定不要让情绪左右自己。有句话说得好：先处理心情，再处理事情。情绪大多时候是个"坏人"，会教唆我们往不好的方向推动事态。

有的人说，情绪是人身上本来就存在的东西，要做到不受它的影响是否太难了。其实，修炼自己、控制情绪，也是一个"习惯"的问题。说到底，人是感情的动物，感情自然会产生情绪。当我们听到一件事情，一定会有与之相对应的情绪产生。这时我们要学会以下几点：第一，让情绪在心中运行，不要露于面上；第二，有情绪的时候，不要说话，直到自己平静下来。这样不间断地训练自我，有一天你会发现，自己已经是一个"泰山崩于前"而面不改色的心胸豁达的人。

5. 心有多静，行动就有多猛

一列火车上曾经发生过这样一件事：一个公司组织员工旅游，一整节车厢里都被他们包了下来。出去玩的气氛当然好，一路上这个车厢里都特别热闹，吃东西、玩牌、聊天讲笑话。20 多岁的小青年中间坐着两个 40 来岁的男人，一看就知道是领导级别的人物。年轻的员工们不论做什么，都会让两个领导先行。喝水的时候先递给他们，吃饭时候把好菜放到他们面前，说话的时候看着他们说。

两个领导一胖一瘦，表现完全不同。微胖的领导看起来十分具备领袖素质，做游戏的时候他最积极，打牌的时候他组织，吃饭的时候他点菜，嘻嘻哈哈地和员工打成一片，员工有做得不对之处，也都是他训话。这样看来，一定是这个胖领导级别更高，更有发言权，或者是两人级别相同，胖领导能力更强。

到了晚上，员工们拿出自己带的白酒，高兴之余都多喝了几杯，酒席结束时各个面带绯色，走路飘乎乎。这时，两个男员工趁着酒劲儿，来到两个领导的位置旁，开始吐槽公司制度不合理、待遇偏低，总之把平时不敢说的都说了出来。最后，还大着胆子说了一句："假如公司再这样下去，大伙可能都要辞职。不对，假如您现在不给我们做出一个承诺，我们立刻就下车，不去了！"这段控诉一出口，胖领导的气势立刻就低了下来——显然他只是个中层领导，既没有改变公司决策的权力，也没有和同事一起吐槽公司的勇气。这时令人意想不到的是，瘦领导站起来，拍拍其中一个员工的肩膀，让他陪自己去一趟洗手间。回来的时候，瘦领导面不改色，还是一副不喜不愠的样子。而那个员工，羞愧之中带着服气，拉着另一个"耍酒疯"的员工，喊着"别跟领导开玩笑了，玩笑开大了"，赶紧回到了自己的座位上。这时，胖领导做出一个"佩服"的手势，又竖起大拇指比画了一下："高总，您真是高啊！我进公司四年半，还没见过您解决不了的事情啊！"原来，胖领导只是一个部门经理，而瘦领导则是整个公司的总经理。

有句话说："在一群人中，最安静的那个，往往最有实力。"此话一点都不假。有实力的人往往不轻易出牌，他们最爱在角落中观察别人的举止，尤其是刚刚认识的人的言行。安静，是他们获取信息的一种手段，当一个人拥有足够多的信息时，他们的决策往往更不易出错。另外，在人群中安静地坐着，其实也是在积蓄力量，这样当有重大的事情发生时，他们才有足够的处理好的能力。所以，在人多的时候，我们往往要注意那个一言不发的人，而不是大声招呼、张扬外露的人，这样的人通常只是重要人物的一个马仔，或者是一个故作聪明和故意装作自己很有号召力的人。

依据这个规律，我们也可以得出这样一个结论：如果你想成为一个更有实力的人，那么你要学会的既不是"动"，也不是在行动中强大自己，而是必须先学会"静"，以静制动，在安静中默默地积蓄力量。你越想使自己变得强大，就越要懂得让自己归于安静。于安静中崛起的人，才是最强大的人。

人的天性中，有一种希望得到别人的认可和赞美的欲望，因此我们在别人面前都会有表现的欲望。那么，如何克服这种与生俱来的欲望，在人群中能够保持沉默、不张扬呢？

首先，我们要有这样一个心理建设：不管在人前表现多少，除非你是有特异功能的高人，否则你的表现都不会被别人真心赞赏，你过分高调反而会让人觉得反感。所以，表现并不能让别人喜欢。相反，沉默的人恰恰会让人觉得修养较好、有礼貌、文质彬彬。这样看来，说还不如不说。

这就要求我们，在人多的场合，能少说则少说。别人谈论话题时要认真倾听，适时微笑即可。而有必要让自己表态时，话语简单明了为好。网络上流传一句话：一个女人的魅力在于她是个谜，而不是夸夸其谈。女人尚且如此，男人就更应遵守"沉默是金"的定律。无论男人还是女人，口若悬河都是让人讨厌的一种特质。不信的话，你可以试一试，减少自己的表达，多将注意力放在倾听上，你一定更讨人喜欢。

一个男人参加了一个陌生人较多的舞会。他不善于跳舞，当天也因工作问题心情欠佳，因此一直坐在角落里喝闷酒。这时身边凑过来一个漂亮的女人，看着他说："你也失恋了吗？"

男人还没来得及说话，女人就坐在了他旁边的椅子上，开始倾吐自己满腹的口水，包括自己爱对方有多么深，为对方付出了多少精力，包容和忍让了对方多少，但最后对方还是离开了自己。她觉得这简直不可思议，觉得自己是天底下最苦命的女人……

男人沉默地听着女人的长篇大论，一言不发，直到两个小时后，女人自己停了下来。她一脸轻松，满带感激的神情对男人说："你真是一个很好的男人，和你聊天简直太开心了！"最后她甚至留下自己的电话号码，表达了对这个男人的好感。男人心里也波涛翻涌，并不是因为得到漂亮女人的喜爱，而是感慨自己也能做一个特别好的聊天对象。要知道，以前的他在别人眼中可是一个絮絮叨叨的"贫嘴男"啊！

接着说我们的技巧。在我们闭嘴不言的时候，千万不要觉得可以放空自己、走神、想自己感兴趣的事情。这时，我们要观察那些在说话的人，要认真听他们话中的意思。如今社会上有很多人，并不会将自己的意图表达在字面上，而是隐晦再隐晦，让人花费心思去猜。而这个处于沉默中的像旁观者一样的人，就很轻松地猜出对方的真正意思。比如说，今天是你请客叫了几个人吃饭。吃到一半，有个人说起自己曾在某某饭店吃过的某样食物。他可能不会夸这样的食物多么好吃，却总是反复提起。这时你要明白，多半是他对你点的菜不喜欢，想再加一道他说起的菜或者类似的菜。如果人家提了一句某种食物很好吃，你也傻乎乎地赶紧附和说"没错很好吃"，而不做出任何行动，对方心里一定会想你是个笨蛋或者是个小气鬼。

在别人说话的时候，静下心来听，尤其要听明白对方话语背后的意思，千万不要打断他，也不要急着加入他的话题。这样，你往往能感觉到对方的真意，并且你也能总结出这是一个什么类型的人，喜欢用什么方式与其沟通。当你能把认识的人的处事方式都进行一番了解后，你会发现只要用对了适合对方的方式，不管和谁沟通都是小菜一碟。

以前我们认为，在一群人中越能吃得开的人，越是有能力，人缘越好。可实际上，那些见谁都好像很熟的人，越是没有几个关系铁的朋友；而那些在每个小圈子里都很活跃的人，往往并不被多少人欣赏。那些看上去总是特别安静、很少发表自己见解的人，看上去或许有点笨，但他们往往是最厉害的人。因为他们懂得"大智若愚"的道理，他们也懂得，在娱乐中显示自己的水平并不重要，关键是要在生活的大事中、在危机时刻，能够力挽狂澜，才是一个真正的牛人。

第二章

PATER TWO

静下来计划，把养料撒在每一次的行动里

世上有一群人，他们最满足的时刻是在给自己制订计划的时候。在一张时间表上填上目标，就好似已经达成一般，满心欢喜。而这些人最沮丧的时刻，往往也是计划时间来临之时——自己还在原地几乎没动。这些人最大的问题在哪里呢？很简单，就是在做计划时，心的欲望牵着头脑走，忘记了用理智来衡量。本来只有一袋养料，却想给十亩地施肥，这种想法就注定了结局是失败的。

1. 巴菲特成功前的"特慢"生活

巴菲特这个名字，想必所有在职场打拼的人都如雷贯耳。

沃伦　巴菲特，是世界著名的投资商，被人们称作"股神"。在各大网站搜索他的名字，会出现一系列成就：2008 年，《福布斯》排行榜上财富超过比尔　盖茨，成为世界首富；2013年，福布斯财富榜以 530 亿美元排名第四位；2015 年 3 月 2 日，福布斯发布的全球富豪榜，巴菲特以 727 亿美元的财富坐拥全球第三富豪的名誉……

且不说那些庞大的数字，单是那神速敛财的能力，就让巴菲特在当今社会具备了偶像效应。多少年轻人渴望像他一样，有无比聪明的头脑、精准的投资眼光，快速把财富拥入自己怀中的超强能力。在世人眼中，巴菲特几乎成了"财富之神""迅速发财"的代名词。在巴菲特的投资生涯中，1980年的一次投资堪称经典。他以1.2亿美元、以每股10.96美元的单价，买进可口可乐7%的股份。这笔投资让他所掌管的伯克希尔－哈撒韦公司在2001年之前，净资产收益率从未出现过负值，而盈利数目也让全世界的投资家咂舌！

这超速的赚钱能力，让巴菲特在今天有了赫赫的名声，也让无数人为之敬佩。不知道多少人，在经济拮据的时候，在为生计发愁时，默默羡慕巴菲特的神速赚钱能力，最后感叹人家的好运气，悲哀于自己的倒霉。

事实上，巴菲特真的是走了所谓的"运气"才站在了投资领域的顶峰吗？又有多少人知道，他今天的能力是经过了多少岁月的磨炼？我们只看到他轻而易举地在银行账户上累加一笔又一笔巨款，有谁真正知道他背后的人生故事？

生于1930年的巴菲特，至今已有86岁高龄。他的成长故事，非常值得我们了解。

10 岁的你在干什么？上小学三年级或四年级，每天不情愿地背着沉重的书包上学，等待放学铃声响起，盼望和小伙伴们无忧无虑地玩耍？偷偷拿一点妈妈的零钱，到小商店买汽水，非常炫耀地在同学面前喝？拖拉着不写作业，等到深夜了，才慌乱地写上几笔？要知道，今天令我们羡慕不已的巴菲特，10岁时就已经萌生了投资的想法，并付诸了实践——"付诸实践"，这是很关键的。

1940 年，美国奥马哈市的一个普通街区里，一个黑黑瘦瘦的小男孩每天都会向人们兜售可乐，他就是巴菲特。在那个物质相对匮乏的年代，可乐是人们最喜欢的饮料。当大多孩子都在用父母给的零用钱享用美味的饮料时，小小的巴菲特却常常蹲在商店门口，把人们丢弃的可乐瓶盖捡起来，按照品牌分成几类，数哪种饮料卖得最快。一段时间后，巴菲特开始从爷爷的饮料店里，以 25 美分的价格买进整箱的饮料，然后以 50 美分一瓶的价格卖出去，赚取中间的差价。

巴菲特的父亲经营着一家证券经纪公司，这对他了解股票起到了一定的作用。他常常去爸爸的公司帮忙抄写股票价格——如果一定要说他有先天的优势，也就是此时有更多的机会接触关于投资的专业知识。在抄写的过程中，他常常用自己的方式记录下股票的走势，尽管对专业理论还一知半解，但他似乎很快就发现了"财富游戏"的规律。11岁时，他以每股38美元的价格买了3股城市设施优先股，在上面赚到了5美元。从这时开始，巴菲特明白了一个道理：只要你比别人发现得更多一些、更用心一些，总是能获得相应的回报——当时的他并不在意这些回报与付出是否完全对等。他懂得，赚钱是一个慢慢积累的过程。

后来的几年中，他在求学之余还从事了很多职业：饮料销售员、杂货店小伙计、送报员、高尔夫球童以及股票推销员。稍有一点钱和经验之后，他还做了一点关于高尔夫球和土地的小生意。这些"小打小闹"，无不锻炼和提升了他的投资眼光与技能。

到20世纪70年代，经过足够的累积之后，巴菲特迎来了自己第一次较大、较正式的投资机会。当时美国的股市像泄了气的皮球，没有一点生气，持续的通货膨胀和低增长使美国经济进入了"滞涨"时期。就在投资家们都很沮丧的时候，巴菲特却从中看到了希望，他发现了很多便宜的股票，认为这是一个非常不错的时机。果然，他第一手便打了一个漂亮仗，获得了自己的第一桶金。此后，巴菲特的投资之路便一发不可收拾，他不断从土地、报刊业、食品业、科技界发现投资机遇，他所掌管的伯克希尔－哈撒韦公司业绩一路疯长，他本人也很快被冠上美国"股神"的称号。

成功后的巴菲特，声望响彻全球。世人都看着他至高无上的荣耀，惊叹于他投资的绝妙眼光，羡慕着他的巨额财富。没有人在乎他成功之前的道路有多么漫长，鲜有人提起他多年的努力。

所以，当你每天赞叹那些名人赚钱有多么快、运气有多么好的时候，不妨了解一下他们的过去，你就会知道，他们一定是付出得比别人更多、比别人更早。世界上没有一种幸运是平白无故的，一个人必须做出相应的努力，才有可能得到一定的回报。

今天，在这个浮躁的社会，太多的人盼望一夜暴富，有才华的人做梦都想红，有抱负的人每天都在翘首以待一个机遇。说到底，"红"和"机遇"都只是扮演了"方式"的角色，富有才是很多人的最终目的。当然了，想做有钱人没有错，每个人生来都有过好日子的渴望。汪峰老师在一期选秀节目《中国好声音》中表达了这样一个观点：选手们都说自己离不开音乐，唱歌是自己的生命，渴望站在舞台上，渴望和音乐在一起……最真实的想法，其实就是想通过自己的努力过上更有品质的生活，让家人也拥有更好的未来。只不过靠自己的爱好来达到这个目的，会更加幸福一些……汪峰老师的观点说破了当今社会人们最真实的心理——想拥有更多的财富。这是无可厚非的。但同样有"野心"的人，获得的结果却大相径庭。原因很简单，有的人只是"想"，有的人将想法融入到了自己的每一个行动中，或者说，后者让自己每一个行动的目的都指向了自己的梦想。这两种人生，决定了云泥之别的命运。

有点概率常识的人都明白，中彩票一等奖的概率比被闪电击中的概率还要低。同样，你突然捡了1 000万的概率，或者突然多了一个不久于人世的富豪亲戚且你是遗产继承人的概率，又或者你无意间帮助了一个富翁、被赠予千万财产的概率，其实也不比中彩票的概率要高。所以，心中还留有"别墅梦""富豪梦"的你，与其等待天上掉金山，还不如从现在开始努力，来得实际一些。要知道，每一个今天赚钱像炒菜一样快的人，过去都经历了无比"慢"的努力过程，才换来了一个有人脉、有资源、有运气，集万千宠爱于一身的今天。没有背景、不是上帝宠儿的你，为什么妄想自己能一步登天呢？凡是想站到高空的人，必须要自己一层层打好阶梯，方能稳步上升。所以，放弃不切实际的幻想，不要再贪图"快"，从现在开始一步一个脚印，慢慢前行，才是到达成功最快的方法。

2. 一静还需百动，百思不如一动

你是否记得上学的时候，老师常常给我们讲一个道理：如果你心中有一个梦想，或者你有一个短期的计划，那么就要立刻去做。数学老师尤其喜欢这样打比方：假如一个人所有的想法都是"0"，那么他的行动就是"1"。没有行动，就好比只有很多个"0"，却没有"1"一样，只能什么都不是。也许这是我们每个人都听烂了的梗，但越是陈芝麻烂谷子的道理，就越是有道理——毕竟枯燥乏味的俗语能流传很久，一定是它接近于或等同于真理。可是，从小就接受了"真理"教育的人，有多少能把它们变成自己的做事方式，认真运用到自己的工作和生活中呢？下面就来检验一下，你是否也是"思想的巨人，行动的矮子"。

　　回想一下自己的生活，是否发生过这样的场景：某一天，你从收音机中听到一段采访，被采访者说着一口流利的英语，你非常羡慕，也想掌握熟练的英语技能，于是你决定从第二天开始学英语，每天抽一个小时背单词，45 分钟听一堂英语课，每周再看一次英语演讲，每两天一次和别人用英文交谈……在这个晚上，你给自己做足准备，对未来的英语学习路程信心满满，仿佛已经看到自己操着流利的英语和精英人士、外国友人愉快地聊天，或者在公司会议上帮领导翻译出一篇英文资料，接受着领导的赞赏和同事羡慕的眼光。可在美梦之余，实际达到的学习效果呢？或许第一天，你带着热情勉强背了几个单词，这时你想到次日早上晨会你读自己的工作总结，于是你想：晚一天开始学习，不要紧。但到了第二天，朋友一个电话就把你叫到了 KTV，你想以后会有时间补回来，可实际却是再也没有机会了……两个月后，你厌倦每天都为同一件事悬心，遂彻底放弃计划。

　　你一定也有过这样的经历：听了高晓松的《晓说》，或者听了一堂《百家讲坛》，惊叹于学者们丰富的知识储备，特别希望自己也能成为一个上知天文、下通地理、古今中外无所不知的牛人，于是你买了很多书，有关地理的、历史的、科技的、医学的、文学的，甚至玄学风水也选了几本。从书店满载而归的晚上，你躺在床上设想自己的读书计划，包括哪个月读哪几本、每天读多长时间。你期望自己在上下班的地铁上，不再刷手机，而是抱着书静静地看；你幻想自己每天晚上都能在知识的海洋中徜徉，远离灯红酒绿的喧嚣。你怀抱着满满的希望入睡，期待 3 年后或 5 年后，自己成为一个学富五车的人……可现实永远比理想"瘦"得多，你可能连开始都没有，就把计划扼杀在了摇篮里——当然，也不一定是因为什么重要的事情，也许只是你昨天想看看电视放松一下，今天因为特别困而想早点睡觉而已。

于是，不管是 5 年还是 10 年，你心中怀有的远大抱负、美好愿望，莫要说改变了你的生活，它们可能连一个微小的疤都不会留下，就这样消失在你乏味的、一成不变的生命里。你或许在现有的工作中也很努力，你也许也很聪明、有眼光，但你就是被很多能力远不如你的人落在了人生跑道的后面——道理很简单，行动的人就像早起的鸟儿，虫子都被他们抢光了。你呢？也许你每晚临睡前都在暗暗发誓明天要努力，但第二天你仍旧不愿离开舒适和慵懒。

人生不就是这些区别吗？谁不懂努力才有好生活的道理？只是有的人明白要从此刻开始行动，有的人则觉得人生好长、时间很多，我先休息一天、一个月，甚至一年，都不影响我以后的成就。想法把我们放在同一条起跑线上，行动却把人拉开了很远很远的距离。

歌德说："只有投入，思想才能燃烧。一旦开始，完成在即。"每个人的每个心愿与计划，无论大小，都如一条条长短不一的道路一样，要想达到终点，你迟早要走上它；只有开始走，才有完成的可能。一切关键就在于你的第一步。中国很多思想家也一致认为：万事开头难。正如每天早上不愿离开柔软床铺的你，坐起身来是起床的第一步，也是接下来忙碌一天的开始。那个起身的动作，直接决定着你这一天的价值。如果你非常利落，起来穿好衣服，洗脸刷牙，做点简单的早间运动，那么相比你在床上赖了又赖、磨磨蹭蹭快到中午才爬起来，浑浑噩噩地吃饭、洗漱，你拥有的时间和良好的精力将不可相提并论。从时间轴拉长来看，一年下来你所做的事情会差多少？只要粗略计算，你就会吓一跳。

不妨试着给自己制订几个有针对性行动的小计划。比如，固定时间睡觉和起床，最好是早睡早起。也许这对于现在的年轻人来说有些困难，但只要花上三周的时间形成习惯，你会发现这才是对身体和精神最好的作息习惯。另外，我们还可以制定奖励制度，把比较难和枯燥的计划分摊开来，并且在每个小计划完成之后对自己进行一些小奖励，比如吃一顿自己喜爱的美食，进行一次短途游玩等。再如，好好运用"二十一天法则"，把计划贴到最显眼的地方，时间一到就立刻行动，心无旁骛地完成任务。当你在最短的时间内高质量完成计划后，你会有莫大的成就感和满足感，也更利于下次计划的顺利进行。当这种顺利持续大约一个月后，你会习惯并且享受它，甚至觉得一天没有任务就像少点什么一样不自在。这对于我们逐渐成为一个积极主动的人有莫大的帮助，而一旦你成为这样的人，懈怠、没有耐心、注意力很难集中等不好的因子就会慢慢在我们的生活中消失。试想一下，利用上述"行动法则"，即使每天只增加一个小时的利用时间，那么一个月下来，我们就多出了30个小时的价值，而一年则多出365个小时的有益时间。无论我们将这多出的几百个小时的精华时光补充于工作中还是用来发展一项爱好、副业，相信我们都能获得意想不到的、值得惊喜的收获。

中国有个成语叫"以静制动"，听起来能做到这样境界的人一定是个非常聪明的人，于是很多人都以此为"指导思想"，期待自己也能达到这样的境界，轻轻松松就把事情处理好。对一句话或一个道理进行曲解，以便更好地满足自己的欲望，往往是我们致命的弱点。要知道，在这个世界上，完全意义上的以静制动是不存在的。正如那个小寓言一样：如果你想向乌鸦一样什么都不做，那就必须高高在上。同样，如果你想以静制动，那么也必须要等到"高高在上"的那一天。而到达高处的过程，则是必须要"动"，且"大动特动"。所以，从今天开始，把偷懒、省事的想法从脑袋中剔除掉，世界上没有一条容易走的路。你想在同样的时间内比别人爬得高，就必须走更陡峭的路。从现在开始进行自我调整，把想的部分，尤其是胡思乱想的时间减少，把更多的时间用来付诸行动。行动是唯一实现想法的途径，也是检验想法的手段。早日从空想中走出来，投入到现实行动中，成就一件事的概率会更大！

3. 越想做的事，越怕开始

或许你不曾注意过，或许这样的事情在你身上发生尚少，但生活中总会有这样的现象：以小 A 为例。小 A 是一名大专毕业生，在一家广告公司做实习策划。虽然职位名称听起来还不错，但小 A 知道，这家规模小到只有一个办公室大的公司，其实并不需要再多一个策划，她只不过是名义上的策划，实际上她还兼做秘书、助理、勤务人员的工作。她知道在这家公司没有前途，她也知道自己的求职意向不在广告行业。她英文不错，喜欢自由。她想做兼职家教，副业搞音乐——虽然她不是专业学音乐出身，也不会任何乐器，但她酷爱唱歌，也有文艺青年写写句子的爱好，所以她打算学弹吉他，能唱则唱，能写更佳。

但一个大专毕业的人，英文再好也达不到教学的水平。小A知道自己必须再学习，考个教师资格证或许比较重要。当然作为音乐上的门外汉，她也必须提升自己的音乐水平。小A深知自己喜爱英文、酷爱音乐，并且特别清楚只有从事与这两样有关的职业，自己才会真正快乐。于是小A立刻从网上订购了一把吉他，入门级，很适合自己。选了一些相配的吉他教学书籍，以及考英语教师资格证书的相关教材。她的计划是，给自己两年的时间，暂且在广告公司谋生，上班之余把精力全部放在吉他和英文上。

兴趣是最好的老师。小A凭着这句话，勾画了自己的学习场景：特别努力特别用心，特别快乐特别顺利。可实际的情况却让她特别伤心特别意外——书和吉他就摆在眼前，她每天下班后却宁可泡在无聊的韩剧里，也不愿去碰它们。小A潜意识里觉得，自己好像开始莫名害怕学吉他、学英语。这两件原本特别喜欢的事情，变成了刺猬，变成了夏天的暖炉、冬天的风扇。小A不止一次地问自己，这到底是为什么？"是因为计划带来了压力，让自己变得被动了吗？"她想，"好像这个成分很小，几乎不存在。"那到底是为什么？自己宁愿回家后洗衣服、擦地；宁愿自己下厨大费周章地做一顿饭，然后一边看着并不感兴趣的电视节目，一边吃饭；甚至喜欢白天的工作多于去学习它们……

转眼一年多过去，小A真正学习的次数两只手能数得过来。相反她的工作却有了不小的进步——她代替了一个资深策划，成了公司不可或缺的一员。小A常常觉得哭笑不得。她不明白，为什么自己那么在乎、那么喜爱的事情，在做了计划之后却成了雷区？

读了小A的故事，你是否想到自己的一些经历？比如，你好不容易找到一个失联好友的联系方式，打算下班后给他打电话，好好叙旧一番。但当你走出公司大门的时候，觉得公交车上太吵，不方便聊天，于是想等到回家再打。可回到家，又想再等一等，于是你开始刷微博、看朋友圈，甚至开始特别仔细地阅读平时觉得枯燥无味的文章。等到几个小时之后你想起来要跟老友联系，又会怕太晚打扰到对方，于是拖到第二天……再比如，中午吃饭的时候，同事向你推荐了一部他认为非常好的电影，听他说得那样精彩，你迫不及待地想赶快下班回家，赶快找出这部电影一睹为快。可真的回到家、坐在电脑前的时候，你又不那么渴望了。看会儿小说，逛会儿网上商城，你再也没有打开那部电影的网页……还有，夏天来了，你想要一件纯白色的 T 恤，像电影中男女主角经常穿的一样，那么百搭又有品位。你从周一盼到周五，好不容易能够去逛街，可周六的早上，你说什么都不想离开被窝，不想离开电脑和零食……

如果说讨厌的事情让我们一拖再拖是非常合乎常理的，那么我们盼望已久的、非常向往的事情为什么也会迟迟不愿去做呢？你可能觉得这很荒谬，或者会用懒来概括和总结，但实际上，这与懒惰与否无关。心理学家曾经对这一现象做出过研究讨论，之所以越想做的事情我们越难开始，其实是与心中的期望有关。那些我们很喜欢的事情，通常是我们有自信的事情，或在自己想象中特别美好的事情，而与这种自信、美好相对应的是隐隐的担忧，害怕搞砸，害怕美好的想象破灭。于是，不管那件事情多么有吸引力，我们仍然会不自觉地将它往后一拖再拖，甚至潜意识中害怕去做。就好比你暗恋已久的男神向你表白，本来是天上掉金子的美事，但你却在狂喜之余，莫名地害怕与他的第一次约会。因为你害怕在暗恋的岁月里，你想象出的那些美好被现实打一个耳光——男神并不如你想象中那样成熟、绅士、礼貌。假如他特别幼稚、暴脾气、不懂人情世故，你一定会觉得自己那么久以来的信仰崩塌、美梦破灭。而约会没有到来的时候，都是你尽情做美梦的时候，你可以勾画出一个非常理想的世界，绝对没有伤心、失望的事情出现。那英有首歌叫《相见不如怀念》，而王菲的《怀念》中有这样的歌词："也许喜欢想象你，多于见到你。"想必这都是把想象与现实进行对比后给年轻不谙世事的我们的忠告。终有一天，这些忠告变成一种思想，指导着我们，让我们对那些喜欢的事情望而却步。

明白了原因还不是我们的最终目的，克服这种心理才是需要达到的最终效果。试想，假如有把握的、有兴趣的事情我们都不敢去做，那么还有什么事情是能让我们义无反顾地放手一搏的呢？所以，如何让自己克服不利的心理因素是很重要的。

越想做的事情，就越害怕开始。从这句话字面上来看，最直接的让自己不再害怕的方法，就是对一件事情不要"太想做"。所谓想做，就是我们上面说的，有自信、有憧憬。那么首先就让我们学会，在做事的时候放下一切无关的情感。面对眼前的事情，要尽量在情感上像第一次面对它一样，事情是独立的，不与任何情感相牵连。当情感的潮涌退去，理智才能出现，帮助我们把事情做好。有经验的人在给我们传递经验时，总是会说："先处理心情，再处理事情。"很多人可能觉得这个"心情"，指的是愤怒、生气、伤心的情绪，以为带着这样的情绪做事结果会很糟糕。但实际上，很多情绪都是我们应该在做事时暂时放下的，比如兴奋、激动，甚至是期待和满满的信心。如果说负面的情绪容易让我们在做事时自卑、怯懦和失控，那么过于快乐的情绪则会让我们过于自信或自大，从而失去理智的判断，同样导致事情走向坏的一端。

所谓事情，表示了几乎所有的"事"其实都与"情"有关。各种情感交织，左右着我们的思想和行动，使得事件该有的发展以及我们该做出的努力都被一再延后。而直到我们觉悟事情不得不做时，它却往往已经不再是最佳的时机。因此，与其在犹疑中徘徊，不如在行动中检验自己的能力。而当你真的愿意付诸实践后，你会发现行动并没有那么可怕，甚至一个失败的结果也并没有那么难以接受。同样，你也会发现，自己是在行动中而绝非空想中变得强大！

4. 立刻就做，越早做越省力

一个什么样的计划才是最好的？不是目标最高的、最美好的，也不是时间最短的、效果最快的，而是最容易实行的。易于执行的计划，其综合评分远远高于执行难度高的计划，这样的计划一出炉，就相当于成功了一半。其中的道理，与人的某种心理或者做事"风格"有关：万事开头难。

一件事情开头难，难到什么地步？还记得我们都曾有过类似这样的经历：你长期过着晚上不睡、早上起不来的生活，白天上班时各种困顿、无精打采；有一天你暗下决心，从下周一开始调整生物钟，过晚上 10 点睡、早上 6 点起床的健康养生生活。于是，在"下周一"来之前的几天，你还是喜滋滋地享受着"夜生活"，且心安理得。可到了约定的时间，你就能干干脆脆地按自己的计划作息吗？事实往往是这样子的：你依然"我行我素"，一直磨蹭到 12 点、1 点钟再入睡。于是，你想："生物钟嘛，我是一定要改。不差这一周，从下周一开始吧！"就这样，一个计划被你一推再推，别说完成了，只是一个开头就花掉你很多时间。再如，你想做一个腹有诗书的人，想自信地和别人谈论任何领域的话题，于是你做了一个读书计划。计划看起来完美无缺，但 3 个月过去了，你还是一个肚子里没有墨水的人。你郁闷了：读书任务也不繁重，怎么就一点都没有读呢？回想一下，读书计划被自己一再搁置，一点小事也能"空降"到计划前面，导致计划根本就没有开始。小时候放寒暑假，放假前老师嘱咐我们要合理地安排作业任务，每天完成一点，以免全部堆到最后。也许我们回家前也踌躇满志，想着如何在前一半假期就完成所有作业。可当愉快的假期真的来临的时候，我们看电视、玩，甚至只是闲待着，也不愿碰作业。怕什么就一定来什么。老师的"预言"，每次都变成事实。直到开学前两周、前一周，我们急得像灶上的蚂蚁了，才慌乱打开书本……

　　不过，我们也有过类似下面的经验：公司交给自己的一个任务，对于自己来说很繁重、很吃力，想着自己肯定不能在规定的时间内完成。一边抱怨一边赶紧开始做，争分夺秒，谁知最终竟然按时把任务完成了。面对一件自己不喜欢的事情，虽然知道它不难做，但却无比抗拒。而当我们克服这种抗拒，硬着头皮上时，竟然发现这件事情也没有那么令自己讨厌，越做越顺手，不知不觉就在没有痛苦中做完了。

这就是"立刻开始"和"拖延着不开始"的区别。不夸张地说，懂得立刻开始做事的人，比那些把开头延后了数次的人，不仅仅是节省了点时间，甚至可以说是多出了一段人生、几个宝贵的机会，这很好理解。假设相同生活背景的两个人，在各自的生命中都会遇到 3 次不错的机遇。那么前者就像一个时刻准备好的人，能把机遇变成实在的资源，为我所用；后者则会在消磨时间的过程中，失去了创造一切条件的机会，如果机会来的时候缺失客观条件，那么再好的机遇也只能像一个泡沫，虽然看着美丽，但一触即破。

如果你正在做着一份不喜欢的工作，做着与自己的梦想毫不相关的事情，你想辞掉工作做自己真正想做的事。你会犹豫或观望多久才能付诸实际行动？从辞掉工作到开始做事之间，又需要多少时间？如果你觉得自己身体素质不好或者需要减肥，你想去跑步，并且是坚持每天去跑步，那么你从萌生这个想法到跑出第一步，又需要多久？

日本著名小说家村上春树，就同时开始了这两件事情，并且在极短的时间内完成了从想到做。1982 年秋季的一天，在厌倦了一成不变且毫无兴趣的工作后，村上春树打算辞职，做一名职业作家。而几乎是同一时间，他决定开始跑步。对于一个稳定工作给予着安全感的人来说，对于一个从没有坚持跑步过的人来说，决定做这两件事情都不是小的决策。前者需要很大的勇气，后者需要坚定的毅力。然而，村上春树却很成功地将这两件事情都坚持了下来，并且一做就是 33 年。

如果说写作上的成功，是得益于村上春树的才华和智慧，那么跑步则是他挑战了对于自己来说很难的事情。最初，村上春树做出跑步计划是出于减肥的需要。他原本有很重的烟瘾，抽得最凶时一天高达 60 支。为了健康，他强迫自己戒掉了香烟。可随着戒烟压力的增大，他的食欲越来越大，没多久腰间就长出了不少赘肉。"33 岁时，我决定开始跑步。在我看来，跑步是最可行的减肥方式。"村上春树说。和别人不同，他一刻也没有犹豫，当天就跑了起来。作为一个原本没有什么运动细胞的人，村上春树的第一次跑很吃力。刚刚慢跑 20 分钟，他就感觉自己的心快要跳出来了，两条腿也开始发抖。并且在这 20 分钟里，他觉得自己就像一个展示品，有人看他，他就会感觉非常不自在。可当他回到家的时候，刚才跑步的各种不适都不见了，相反袭来的是轻松和一点点自信。他想，跑步也没有那么可怕。有了第一天的尝试，第二天、第三天，他都轻松地走上了跑道。一年后，他跑了个人第一个马拉松。1991 年，村上春树用 3 小时 27 分跑出来自己马拉松的最佳成绩，相当于每 5 分钟跑 1000 米。对于一个较晚才踏上跑步征程的业余选手来说，这个数字已经很不错了。直到今天，村上春树的"跑龄"已有 33 年，跑步已经成了他生活的一部分。也许很多人会想，那些"运气好"的人，无论做什么都很容易，常人做不到、难以坚持的，他们轻轻松松就做到了。但实际上，跑步对于村上春树来说并不是爱好，他也并不享受跑步过程，尤其在跑完马拉松之后，他最大的感受并不是成就感，而是暗想：终于不用跑了。他在痛苦的事情中依然坚持了这么久，村上春树经常在心中感谢自己当时毫不犹豫的"开始"。

无论你有一个长期的计划，还是有一项短时间的任务，在必要的客观条件具备时，就义无反顾地开始吧！这里要注意一点，所谓"今天没有心情""现在想出去放松一下"之类的理由，并不代表条件的缺失。每当你犹豫、想拖拉的时候，告诉自己这样一句话：如果我今天因为心情不好而不愿做，那么明天我依旧会因为心情不好而拖延；如果今天我想偷懒放松，明天我依然不能积极起来。

从心理学上来说，每个人将"开始"无限期延后，都是因为在两个选择面前，人们总是倾向于选择那个比较轻松的。"现在就开始"和"明天再做"这两者之中，当然是前者能让现在的自己快乐一些。我们往往低估了"明天再做"的困难，似乎觉得明天自己就能快快乐乐地做事。可现实往往是，今天你觉得痛苦的，明天也会像今天一般痛苦。著名的心理学家武志红曾说："一切心理问题，皆源自于自己不肯承认事实。"如果我们能认识到拖延的心理根源，那么我们就会明白，"现在做"与"等一等"，自己要付出的价值是相同的，区别只在于其花费自己多少时间。当你明白这一点，那就从今天开始，从每一件小事开始，慢慢养成"尽早做""现在就做"的好习惯。

5. 一个完美的结局，不如过程中无数的火花

先来看下面两则小笑话：

第一个笑话：有一年轻人，某天特别饿，他一连买了九个包子吃，吃完觉得没有饱。于是，又买了第十个。吃完后，他饱了。于是，他后悔哀叹："早知道不买前面九个包子！浪费钱了！"

第二个笑话：一年冬天，小李家的暖气烧得特别热，家里燥热偏干，室外寒冷潮湿。这样两种环境交替，小李很快就感觉到不舒服，嗓子又疼又沙哑。他到小区门诊买了一盒药，可吃了三天，药吃完了，症状也没有得到明显的改善。他又去买了一盒相同的药，吃了一天就好了。他心想，前面那盒一定是

假药，当时真应该好好挑一下。

这两个笑话中的主人公，显然都是"笨蛋"。隐藏在"笨"的背后原因是，他们遇事忽略了过程，只关注了最终的结果。

过程和结果相比到底哪个更重要？虽然很少有人把它当作课题讨论，但在实践中我们都在用自己的重视度阐明着这个论题。可以说，在中国人眼中，重视结果而轻视过程是一个比较传统和普遍的心理。

自古以来，兵家战事频繁，无论过程多么曲折，情节中生出多少旁枝，都不及最后的输赢更能说服人心。高高坐在朝堂之上的皇帝，在乎的只是纸上的"胜"或"败"字。若看到前者，封爵赏赐不在话下；若看到后者，就算割了将领的脑袋也不足为奇。古代为官之道也离不开这个定律：对于绝大部分为官者来说，从为民到为官的方式、手段从不为人所知，相反只要你当上了官，曾经你是乞丐也好、奴仆也好，似乎都不再重要，重要的是你现在的职位、权力。在这些现象中，结果的重要性以压倒性优势胜过了过程。

于是，在祖先的影响下，直到今天，我们还以"成败论英雄"。比如，上学的时候考试不及格，回家后爸爸妈妈很少详细询问原因、了解这个学期我们的学习过程、状态和心理，他们的做法常常像网上流传的那个小笑话一样———一顿毒打。长大后辛辛苦苦找到一份工作，小心翼翼地适应，认认真真地努力，可逢年过节家庭聚会时，没有几个亲友会拉着我们的手，打听工作、了解内心感受。他们最喜欢问而且当作主题问的一句话，就是："挣多少钱？"然后根据听到的数字，来选择看你的表情。在我们国家的职场中，流传着这样一句话："我不想听借口！"这句话可能是领导对没有办好事情的我们说的，也可能是失望的父母对我们说的。于是，我们也慢慢地成了一个"只看结果"的人。

然而，过于看重结果的人，对别人的态度也很 "势利"，对自我的"要求"往往是急功近利。这很好理解，因为结果最重要，过程就可以忽视，更准确地来说应该是过程越短越好，这样就能赢得更多个"结果"。然而，对于绝大部分事情来说，过程的重要性都不逊色于结果，而在更多时候，过程的重要性往往高于结果。用一句带有哲理的话来形容，就是"一切结果都只是过程，一切过程也都是结果"。如果我们有足够的智慧，就该把每件事都看成人生的"组成部分"，而不是一个个孤立的事件。要知道，在你的一生中，能完成的事情是有限的，在某件事情里，如果你认为自己少努力了一点儿就达成了目的，因而沾沾自喜，那么要知道，你也一定会在另外一件事情中将这一点儿努力弥补回来。就像做一个精密的实验，在准备材料阶段，若贪图省事一带而过，那么实验过程就会出错，轻则重新整理材料，重则出现实验事故。而一个非常慎重和认真的过程会是什么样呢？它的作用绝不只是提高计划成功率那么简单，它也会成为你一生的财富和资源。

也许很多人都对列文虎克这个名字感到陌生，但他发明的一样东西大家却是都知道的——那就是显微镜。

虎克从小就非常喜欢生物学，他很想长大后从事相关工作。但是，因为家境困难，虎克连学都没有上完，更别提进修生物学了。少年时期，他就被迫辍学谋生计——在荷兰一个市政府做看门人。

不过，和很多被现实"阉割"了梦想的人不同，虎克心中有一个信念，他知道人生的目标不可能一天就达到，他决定，不管经历多少过程，一定要达到自己心中的目的地。于是，他在没有接受专业知识指导的情况下，仅凭着自己的一腔热忱，开始了长期的钻研。他喜欢大自然的一草一木，并以能观察到它们为自己狂热的爱好。为了能细致地进行观察，他研制了很多放大物体的仪器。1665 年，他竟然研制出了一台显微镜，轰动了整个生物界。然而，虎克并没有把这个成果当成自己的"结果"，他知道，这一切都只是自己在生物学道路上的过程、基础。

在显微镜的辅助下，虎克仿佛有一张走向微观世界的通行证。他看清了很多肉眼无法看清的东西，比如苍蝇的翅膀、蜘蛛的爪子、羊毛的纤维。这成了他最大的乐趣，他不停地观察、记录。1673 年，虎克将观察记录的材料整理成《列文虎克用自制的显微镜观察皮肤、肉类以及蜜蜂和其他虫类的若干记录》一文，寄给英国皇家学会。遗憾的是，虎克的观察结论在当时太过于先进，别人并没有看过他所看到的世界，因而他的文章并没有得到生物界的认可。但是，虎克并不气馁，他相信，所有过程的曲折都是为了有一个更圆满的结果。于是，他继续进行观察，并不断扩大观察范围，以寻找更有力的证据。终于有一天，虎克发现了细菌。这一重大发现，本身就是一项非常了不起的成就。同时，该发现也为虎克的很多观察提供了依据，让他的发现在生物界不断被认可。

1680 年，列文虎克被选为英国皇家学会会员。这个结果，正是对他 20 多年来刻苦钻研的最好褒奖，也是他梦寐以求的一个"结果"。

现实生活有时和科学研究有着完全相同的道理。能够好好把握过程的人，才是最聪明的人，也将会是距离成功最近的人。那些能够把制定好的目标圆满实现的人，还不是最牛的人。最牛的人，是那些在过程中、计划外，一边朝着目标努力，还能一边收获"意外"惊喜的人。对于过程的重要性往往大于结果的论述，我们以一个真实的故事的结尾：2004 年，28 岁的翁帆嫁给 82 岁的杨振宁，这件事在全中国引起轩然大波。鲜有人祝福这对夫妻，大多数人都在讥讽、嘲笑他们。因为年龄的巨大悬殊和杨振宁的成就地位，这对"爷孙配"的婚姻话题一直没有减退热度，直到今天依然有很多人在津津乐道。当然了，时隔几年仍旧是贬大于褒。没有人相信翁帆嫁给杨振宁是因为爱情，婚后生活会幸福，更多的言论还是为翁帆的将来担心——毕竟杨振宁已经是 80 多岁的高龄老人。大家纷纷讥笑："别看翁帆今天攀了高枝，过些年杨振宁不在了，她什么都不是。"

终于，在事件发生 11 年之后，出现了一个不一样的声音。高晓松在辩论节目《奇葩说》中说："谁说杨振宁去世以后，翁帆就什么都不是？不管过去多少年，翁帆都是曾经嫁给过顶级物理学家的女人。她永远都是杨夫人。这就是她的身价。"

静中求动，智者动静两相宜

古代凡是盛世，一定兼具文臣和武将；一个美满的家庭，需有活泼热情的人，也必须有理智冷静的人；人们的饮食，天天清淡乏味，日日鱼肉腻味，一定要两者兼备；就连听音乐，也要轻柔与律动结合，总听悲伤之歌的人易懒怠，常常摇滚伴耳的人易狂躁。所有生活的智慧和治世的哲学，都在告诉我们，静和动的因素缺一不可，要兼具，要结合。

1. 你赶着去拍电影吗？

　　X 小姐的身材日渐丰腴，于是她决定减肥。她制订了计划，在三个月之内减掉 20 公斤。男友觉得不靠谱，劝她："一个月能减二三斤就可以了。"X 小姐急脾气上来了，不许男友再置喙。

　　为了达到目标，X 小姐每天只吃一顿饭，糖、油、盐不沾，下班后到健身房拼命运动。只用了两天的时间，她的体重就下降了 3 斤。她心中暗喜。可好景不长，这样极端的方式让 X 小姐每天处于饥肠辘辘、筋疲力尽的状态。第五天的时候，她冲进餐厅，独自吃掉了一个半比萨。第一次减肥宣告失败。

很快，X小姐就开始了第二次减肥，方法相同。但这次坚持的时间更短，第三天的时候就放弃了。这样反复几次，转眼8个月已经过去，X小姐不但没有减肥成功，还反弹了4斤望着镜子里肥胖的身躯，她接近崩溃。

男友再次开口："要是当时你听我的，一个月不费劲减3斤，现在多少了？"X小姐不算还好，一算肠子都悔青了——8个月，至少有10公斤了，而且是"无痛式减肥"。她正懊悔不已，男友又冒出一句："我没催你，也没人给你压力。你那么着急，是跟人签了约，赶着去拍电影嘛！"X小姐不禁笑了，笑男友的幽默，也笑自己的冲动和幼稚。

X小姐的错误，是不是也经常发生在我们的身上呢？当下很多年轻人的状态都是这样：总是希望快速达到自己理想中的状态。大学还没有毕业，就赶着托人找关系弄个好工作；进单位还不到一年，就赶着问领导什么时候给自己升个职；小公司还没摸透怎么回事，就赶着打听五百强招不招人；感情还没稳定呢，也赶着学人家弄个浪漫的求婚；存款还没上五位数呢，就赶着想早点买房、买车……赶，就是现在年轻人的一个常态，也反映了他们浮躁的心态——想赶快到达开满鲜花的彼岸，殊不知，心不静的你可能到哪儿都闻不到花香。

道理说起来简单，但置身在如今竞争激烈的社会，我们怎样让自己不慌不忙，静下心来呢?

第一，不比较。如果忍不住比较的心，那就纵着比，千万别横着比。

横着比，是跟同龄人比，跟身边的人比。这样比的结果无疑是"死无葬身之地"。每个人的起点不同，而且生活条件相差巨大。你的父母可能只是工薪阶层，人家还在上大学可能就开上卡宴了;你智商中等，有人天资聪慧，可能闭着眼学出来的成绩都比你高一大截。这种横向的比较意义不大，得出的结论只能让自己抓狂，让自己更加焦虑，失去对未来的耐心、努力和等待。很多女孩为了快速拥有财富人生，一出大学校门就做了富豪的小三，最终完全失去了自我。所以，忍住你攀比的心，尤其不能跟身边的人比。

如果一定要比，那就纵向比较——和原来的自己比较一下。如果你发现上了大学的自己，比中学时代更成熟了，对自我的人生定位更有想法了，见识更广了，你就是有所提升的。工作之后，你认识到自己比在学校的时候更加努力了，待人接物更加理智和认真了，对于职场新人来说你就可以得 70 分以上。工作 5 年之后，你不再是跑腿的小员工了，你在公司有自己的一点点地位和不可代替性了，你做的工作越来越受到周围人和自己的认可了，你就是个懂奋斗、知荣辱的职场好员工……

纵向比绝对不是自我安慰，它不但能帮助你检视自我，还能拉住你浮躁的脚步，让你不浪费一点时间去追求虚无的、缥缈的、本不属于自己的东西；它让你安安静静地、踏踏实实地走好人生的每一步。

第二，关于人生负担，多用减法，少用加法。

时下很多年轻人很心急，赶着进入"成功人士"的队伍，背后的原因是很让人理解甚至感动的。有些人或许出身不富贵，希望早点有能力来报答辛苦养育自己的父母；有的人家中有重大变故，急于多赚些钱来补贴家用。我们这里说给自己减负，不是教大家不负责任，而是不建议大家天天将这些过于繁重的"不快乐项"挂在口头上，或者天天放在自己心头上，不把自己推上焦虑的顶峰誓不罢休，不把自己忙成停不下的陀螺就充满内疚。这种给自己加压的方法，只能像给蜗牛加壳一样，使自己前进得越来越慢。

一个命运挺悲催但又充满责任感的青年，经常在个人主页里写下悲情但又豪壮的言论："不赚钱让患癌症的姐姐赶快好起来，我还算个男人吗？"（压力 +1）"我要到处去找工作，哪怕一天工作 18 个小时也在所不惜！"（压力 +1）"家人啊，我的家人怎么这样命苦？我是家里的顶梁柱，一定要靠自己的努力让他们都好起来！"（压力 +1）

得，压力满天飞。那怎么办？这位"壮士"拒绝亲戚的帮助，拒绝单位去国外进修的机会，最多时候身兼三份工，累了四五年，家里的状况还是没有得到改善，而他继续透支着自己的健康，勉强度日。

如果反过来用减法呢？这位青年也可以这样想："有亲戚可以来帮助我们，这真的很好。"（压力 −1）"我应该去进修，虽然进修阶段会比较艰难，但几年后我能更轻松地养家。"（压力 −1）"至少我还是健康的，我的家庭还有无限希望。"（压力 −1）这样，结果会不会全然不同呢？

世界上的人都有自己的不幸和负担，聪明的人懂得为自己减负——他的人生可能早就千疮百孔，但在外人看来他依然是一个健康积极无压力、轻松上阵向前冲的阳光青年。不聪明的人却愿意当"祥林嫂"，自己把本来就挺累的人生弄得更"灰"。在同样的人生状况下，懂得用减法的人，生活会越来越轻松；而习惯用加法的人，大约只能陷入"此恨绵绵无绝期"的悲惨命运里。

第三，知道自己爱焦虑，就别设目标了。

不设目标，针对的是很有上进心但容易焦虑的人。上进心强的人，容易给自己设过高目标，而目标一旦没达到，就会陷入自责和焦虑之中。然后，为了抢回浪费的时间，又会给自己设更高目标。这样的恶性循环，最终就会导致自己的人生持续在一个不断追赶的状态。

当然，对于懒散、爱拖延、目的性不强的人，设立目标还是有必要的。假如你是个性子很急的人，那么不妨定个不太难达到的3年或5年目标，把它装在盒子里、压在箱底，然后放手去努力。千万别把它挂在眼前、带在身边。等到目标约定的时间到来时，再去找到它、打开它，给自己一个检验、帮助自己总结经验教训的机会就可以。

人生不能太急，尤其是不到30岁的年轻人。该读书时读书，该工作时全心投入工作；该是自己的机遇就好好接着，不该是自己的就继续耐心等待；该充实自己的时候先供给自己，该回报家庭的时候才拿得出东西。生命的过程就像养一株花草，心静不下来，花草也不能清香，只会被折腾得不成样子。若你希望你人生的香味，不是像廉价的香水，而是像高贵的馥郁之香，那就要记住，安心饲养，静待花开，相信你的每一份耐心都会换来它一点骄傲的嫣红。

2. 舍不得花两年努力，两年后你还在原地

有个人和朋友聊天时说："我最近在纠结，要不要去读两年哲学大专学位。哲学是我的爱好，但我今年已经 38 岁，拿到学位就 40 岁了。"朋友说："你不读的话，两年后你也是 40 岁。"这个人听了朋友的话，两年后拿到了哲学大专文凭。接着他一鼓作气又拿到了学士学位、硕士学位，除了本职工作外，55 岁那年还成了某大学哲学系讲师。

你一定也有过这样的苦恼，想多做一件自己喜欢的事情，想多增进一门技能，想发展一项副业……想做的事情很多，时间却很少；或者想做的事情很"大"，年纪却已不再年轻。于是，你纠结着要不要做，困惑着多了一门技能并不能有什么用武之地，于是时间在你的纠结中慢慢流逝，你该长的皱纹一丝也没

有少，脑袋瓜也大不如年轻时好用，可想做的事情一件也没有做成。

一个美国节目在街头做了这样一个实验：在人来人往的马路边摆上一块黑板和一盒粉笔，请路过的人写下自己觉得最遗憾的事情。结果，几乎所有人都写上了类似"没有去做自己想做的事情"这样的答案。可见，时光可以流逝，容颜可以改变，但人若没有在有限的时间里去做自己觉得有意义的事情，那么它将会变成一个永久的遗憾，比没有吃过山珍海味、不曾拥有豪宅豪车要更令我们唏嘘感慨。

现在的社会节奏快、压力大，每个人从校园走出来的那一刻，就已经开始了他肩负重任的时刻。光是适应社会和努力挣钱，就花掉我们大部分的时间和精力，即使在午夜梦回时心中还有一点梦想的光亮，哪有时间去实现呢？等我们有了一份稳定的工作、有了一个安定的家庭，往往是时光已老。这个时刻，我们都会在心底打一个问号："这么晚了，我还行吗？"从今天开始，当你的心中再有悸动和困惑时，可以用马克·塞雷纳在《二十五岁的世界》中说的那句话来回答自己："这么说吧，当你觉得已经太晚的时候，才是开始行动的最好时机。"

小婕最近常常觉得自己突然就"老"了。明明刚走出校门，怎么已经嫁为人妇了？好像昨天才结婚，一转眼马上就迎来结婚三周年纪念日了。20岁像花一样的年纪还没有过够，还有一个月就要迎来三十大关了……时间过得如此快，曾经埋藏在心中的梦想种子，却迟迟没有发芽、开花。她在一个销售岗位上工作了已有5年，不厌烦，也谈不上喜欢。她一直记着自己心里的愿望——学医。哪怕做不了医生，她也想做一个懂医术的人，她非常喜欢生物和化学，觉得精通它们的人特别厉害。小婕想，哪怕从事不了与此相关的工作，一生都能为自己和家人强身健体、医治小病，也是很不错的。

可是，医学可不是一年半载就能学会的，它们的知识点系统庞杂，一知半解是绝对不能融会贯通的。要学，至少就要花五六年的时间。小婕犹豫了，6年以后，自己就35岁了。女人在那个年纪，智力和记忆力都会逐渐下降，况且那时一定会添个宝宝，自己哪能顾得了那么多？可是如果现在不学，将来脑力不够用，即使有时间，也没有精力。小婕反复想了很久，突然开窍：有这个纠结的时间，早就开始学了。先学了再说，艺多不压身。

说学就学。小婕兴趣所致，学起来也比较顺手。一年后，小婕怀孕了，她根据自己学来的医学知识，为自己制定了科学的孕、生、养计划，关于饮食、作息、护理和哺乳等方面的知识，小婕都懂，堪称半个专家。她越学越有自信，哺乳期间虽然压缩了不少学习时间，但始终没有放弃。女儿上幼儿园后，小婕又开始将大片的时间投入到学习医学知识当中，她还报了几门成人大学的课程，将自学和听讲结合，把自己几年来的知识融会贯通到一起。

转眼小婕就35岁了。这一年，她在刚从医院退休的姨妈的建议下，辞去工作，开了一间小诊所。前一年，小婕还请了姨妈坐镇，生怕作为一个实践上的新手，诊断错误、害了病人。一年后，小婕正式挑起大梁，并且凭着热心和精准的医术，成了附近居民信赖的大夫。

诊所逐步走上正轨，小婕也有了闲暇回忆自己当初做决定时的情景。这时的她，无比感谢七年前认真努力的自己。她想，如果当时没有学医，自己现在还在做着不喜欢的工作，每天遗憾没有实现自己的学医梦呢！

不妨回想一下，自己是否也如当初的小婕一样，在现实和梦想之间、疏懒和努力之间徘徊？梦想很奢侈，要赌上很多时间，结果也不一定如人意。而现实虽然是"鸡肋"，但也"弃之可惜"，而且可以信手拈来，虽不能大富大贵，也饿不死人。一个是低价值的安全感，一个是高风险的奢侈品，我们到底应该选哪一个？又或者说，我们该怎样给自己打气，才能拥有义无反顾选择梦想的勇气？

最近，不知谁说了这样一句话，让网友们感到无比赞同："我羡慕那些说起就能起、说做就能做，以及说忘就能忘的人。"是的，这样的人有着超强的自制力和执行力，对于他们来说，想做的事情都只是时间问题。可是，为什么你要做一个羡慕"他们"的人，而不成为"他们"？也许你会笑说，自己是"拖延症晚期"，没救了。但最近一个研究表明，拖延症根本不是病，只是一种惯性。人做事的风格，就像物理定义每个物体都有"惯性"一样，懒的人会一直懒下去，勤劳的人永远停不下忙碌的脚步。若真的如此，那么困扰我们已久的"拖延症"，岂不是有了治疗方案？我们都知道，人练习21天做同一件事情，就会形成习惯，哪一天不做还感觉不舒服。既然如此，那就花3周的时间，让自己习惯一件事情。假设你有一个5年目标想要实现，你一想这个期限就头疼，那你肯定不愿意着手做。但是，你可以这样想，一个长期的艰难的任务其实只在前21天是个煎熬，开头做得好，后面就会顺利、轻松很多。这样一想，再艰难的任务看起来是不是也会觉得很轻松？

然而，对于一件事情，在脑袋中不管想多少遍，想得多么美，没有行动都是白费。所以，当你在意识中将事情的难度降低时，不要拖，立刻着手做，把今天就变成第一天。实际上，习惯虽然需要21天才形成，但当你开始做，三天、五天、一周后，你会发现，这时的感觉比事前纠结的状态要轻松得多，心里也会有底气得多。同样是体重超标者，为什么有的人就能减肥成功，成功地加入俊男美女的行列，有的人却每天对着镜子讨厌自己呢？那些减肥成功的人，其实并没有多么厉害。他们在成功后回顾自己的减肥过程时，往往都会有同样的感触："曾经我那么胖，害怕运动，很难相信自己能瘦下来。当我面红耳赤、头昏脑胀、心跳极快地进行自己第一天的运动时，我觉得这太难了，我做完今天再也不要做了。但是，不知不觉，我竟然坚持了两天、四天、一周。直到坚持一个月时，我觉得运动已经成为我生活的一部分，如果哪一天少了它，我就会感觉浑身都不自在。"

看，所有你看似不可能完成的挑战，其实都有弱点———天天的坚持。当你在怀疑、不情愿、没有自信中完成了一天又一天的坚持时，你就已经离成功不远了。

3. 基层怎么了？先搞定它再说

如果你是一个名牌大学毕业的本科生，你对第一份工作的要求是什么？面对这个问题，初出茅庐的孩子们，可能会异口同声地说："当然是越高薪、高职，越好！"底线呢？"底线就是必须不枉费自己的专业，对得起十来万的大学学费。"好嘛，带着一个最高目标和一个最低原则，大学生们找工作的历程从"最高处"开始——非专业不做、非名企不去，给钱少、职位听着不上档次的也不行。可一圈找下来的结果，往往是"自己有心插柳，用人单位无心栽花"。于是，不得不一再将自己的要求降低，月薪从万儿八千降到四五千元；职位也不要求了，当小就当小，实在不行先实习也行；单位嘛，中型就满足，名企先不奢求……可结果往往还是不如人意。怀揣豪情的毕业生们往往遇到的都是这样的尴尬场景："我们给不了你 5000 元，如果给你 1500 元的话，你干不干？""中型？我们公司只有十来人，办公室在住宅小区里，卫生还得自己打扫。""我们设计不缺人，前台空着呢，你愿意来吗？"……

梦想那样丰满，现实却如此骨感。是继续做梦吃肉呢，还是先将就着啃啃骨头？很多年轻人趾高气扬、心高气傲，摆出一副绝不低头的姿态，势必要给自己的事业来一个"开门红"，于是这样的心态指导出来的行动便是——"那种最基层的活儿，是不值得我这样的高才生'染指'的。"于是，这个社会出现了这样一种奇怪的现象：很多大学生毕业的同时就宣告他们的"失业"；而不少在大学生眼里看似不太体面的岗位却空着无人问津，大好岁月的年轻人提前"退休养老"。

基层如此不招人待见，它们真的就一无是处吗？真的让大学毕业生那么丢脸吗？真的"是个人就搞得定"吗？当然不是。不起眼的基层，其实是每个职场精英的必经之路，是撑起职场英雄的基石。基层之于人生，就是静下来的一种方式。只有踏实做过基层的人，他才能真的将脚踏稳在地上，才能领悟人间烟火，才能终有一天于烟火中升起缕缕香气。没有这样的经验打底，无论谁都无法如生龙活虎般行动起来。

但是，面对零碎、细小、不起眼、与自我梦想差距甚大的基层工作，就是静不下心来去做，这种心态该怎么克服呢？

第一，没尝试之前，千万别说基层"谁都搞得定"。

茗媛，名字很高贵，名字的主人也时时做出一副高贵的姿态来。大四那年，同学们都到各单位实习去了，只有她还在学校里过生活。茗媛看不上那些没技术含量的工作，她搞不懂自己的同学为什么会一窝蜂地扑向那些只具有小学文化的人都能做的工作。更令她受不了的是，自己才华横溢的好姐妹竟然"屈尊"去做了一名卖飞机票的话务员。茗媛对此嗤之以鼻，继续端着自己身为大学生的架子在学校里等待，偶尔往心仪的大公司发发简历。

一年后，好姐妹嘴皮子磨得倍儿利索，大学生那层锋芒毕露的皮也磨掉了，跟人说话耐心十足、谦恭得不行。眼看跳槽时机已到，随便面试了几个公司，就被一个专业对口、规模不小的公司看上了。茗媛眼红了，接到好姐妹的口风，知道该公司还招人，立刻准备了一肚子表现个人才能的"词儿"去了。谁知，总共说了不到十句话，面试官就请茗媛回家等消息——茗媛身上还带着大学生的"傲"，只懂用天之骄子的口吻"纸上谈兵"呢！公司可以花时间培训技能，可是没耐心等一个没见过世面的黄毛丫头蜕变成一个职场人士。

茗媛不服输。"不就是去干个没技术含量的活儿，混个工作经验吗？这谁不会？"她一赌气，也到好姐妹原来工作的地方当话务员去了。出乎她意料的是，这活儿她还真"不会"。订机票的人天南海北，普通话稍微不标准，茗媛这个长在北方、没出过远门的孩子就听不懂；顾客各式各样，遇到那些粗鲁的、蛮横的顾客，茗媛气得直哭；好不容易来个礼貌的，人家问题没问完，茗媛就没耐心了；更别说什么业绩不达标没奖金、嗓子一天下来疼得冒烟、难处的上下级和同事关系了。几个回合下来，茗媛辞职回到学校，继续做自己的白领梦去了。

前几年在中国达人秀上热闹一时的"波波打假"中,周立波用行动告诉我们,面对令人瞠目结舌的"特技",先别急着赞叹,在保证安全的情况下亲身尝试一下,也许一些不可思议的"特技"只是骗人的伎俩。看似难煞人的事情不一定难,反过来,看起来是"一碟小菜"的事情,也并非真的那么简单。基层工作就是这样,做过的人怎样评价它都能被理解;没体会过基层的人,上来先说了大话,事到临头时做得一塌糊涂,未免要贻笑大方。

第二,别拿基层工作当可有可无的"学前班",得树立它是必上的"一年级"的意识。

好多年轻人看不起基层,觉得掉身价。其实,最能磨炼人、给人提身价的就是基层。干过基层工作的人最接地气:和最底层的人打过交道,和和气气甚至卑躬屈膝地为别人服务过,耐心和沟通能力都是"杠杠的";拖地、打水、擦桌子、收发快递、打印东西、给人传话儿,这些都是基层工作最常接触到的"活儿",别看不起眼儿,每个人都得会,小事干熟的人才能干好大事。基层是"宝"，脚踏实地从基层走上来的人，拥有的满是谦卑的态度和细小的工作经验。这是直接空降到高处的人比不了的。因此，在你的职业规划中，首要的甚至不是确立整个人生的就业意向，而是先去基层顶个差。这就好比不管你将来要学计算机专业还是学生物科技，你都必须先学语文一样。

第三，运气打到你，好工作提前来到，也要抽空补补基层工作的"空"。

基层之于职场，可以比喻成音符之于音乐。再高级的工作，也脱离不了基层那些活儿；脑力劳动，也必须建立在对体力劳动的体验之上，这样很多思想结晶才能切合实际，而不至于是飘在空中的虚幻阁楼。

所以，即使你真的有份好运气，还没来得及体会基层，就有了份高职、高薪的工作（当然，除了有后门之外，这种机会非常渺茫），那么你也要从步入职场的第一时间起，见缝插针地将在基层工作时该掌握的本领都掌握好。比如，办公室的杂活多干一点儿，"小动作"多一点儿，别人不愿意做的事情自己多包揽一点儿。对于每一件事情，只有亲身体会过，才能算是真正地了解了它，将来才可以底气十足地评论它、安排它。只有肯这样做的人，才能在高位上合理地领导下属，才不至于成为"只在其位、不会谋其事"的徒有其名的领导。

一个人在基层的时间，是静静流淌的时光，你应当细细地去体验，而不是烦躁地想逃离。即使你有再高的学历、再高的志向，也该先到基层把自己打磨出一张谦虚、好学、有基本经验的"职场脸"，这是再高的学府也给不了你的。正如拳头只有先收回来才能在打出去时更有力一样，你没有经历过静下来沉淀的岁月，就创造不了动起来时的辉煌；你若没有静下来的智慧，即使遇到辉煌，也难以闻到它沉淀于底的生命之香。

4. 优秀公式：分内事 + 一部分额外功 = 开车上坡

中国有句俗语：三百六十行，行行出状元。这句话本来是告诉人们，不管从事哪一行业的工作，只要努力，都能做出一番成绩。但今天有人却在内心解读出"新意"——无论在哪一领域打拼，真希望能站在那个圈子的顶端啊！

当然了，想要处于社会的高处，这种愿望无可厚非。但不同的人，想出来的方式却大不相同，其中很多值得商榷。一般来说分为这么几种：第一，什么事都不想做，等着天上掉馅饼——这样的人只能通过"做梦"来达到目的。第二，通过侵犯别人的权益来满足自己的欲望，显然，具体手段都是违法的。第三，想得到更多却吝于付出，只做分内事，却幻想有一天能被幸运之神看中。第四，勤勤恳恳，不仅做好本职工作，尽一切能力多做一些额外的工作。将这几种方式进行归纳和总结，持第一种和第二种生活方式的人在极少数，大部分人选择后两种方式应对生活。在第三种和第四种之间，常常立志做"第四"、但无奈归于"第三"之列的人又占据了大多数。也就是说，世界上大部分人，以非常少的付出期待着翻倍的成效，也可以称作"蒙"。当然，不用计算就知道，在靠"蒙"的众多人里，成功的人微乎其微。因此要想把成功的概率放大一些，还是需要努把力，让自己尽量朝着第四类人靠拢。

除去环境、外力、机遇等一系列因素的影响，我们做这样一个假设：一个人要想让自己保持在现有的成就和地位之上而不倒退，需要保持现有的努力并且保证不松懈、不怠慢；相对应的，如果我们想让自己不断地向人生之峰的高处攀登，就必须加大努力的力度。曾经你做到了六分、七分，今天就必须投入十分，甚至十二分的努力。并且还要遵守一条黄金法则：不要只做分内事！这个很重要的事情，每天出门前要在心里默念 3 遍。要知道，你做的事情就是在给自己画线。如果你只把眼光放在自己的任务上，那么你的能力范围——起码是你表现出来的能力范围，就只有那么一块。所以，在职场中，我们还是要学着把眼光稍微放宽一点，适当地"多管闲事"。

　　大学毕业的时候，小伊的同学都在想方设法地进入名企或者成规模的大公司，仿佛这才对得起自己"大学生"的身份。小伊却和大家都不一样。她不打听名企的招聘情况，也不往大公司投简历，而是专门找刚成立、规模小到不足十人的小公司。室友问她为什么这样为难自己，她笑着说："这叫宁做鸡头不做凤尾。"

　　因为要求低，小伊找工作非常顺利，仅用一周的时间，她就被一家"新鲜出炉"的外贸公司看中。这家公司刚刚成立一个月，除了 3 个主创人员外，只有包括小伊在内的 3 个员工。一个公司刚刚诞生，必然是百废待兴。员工们虽然名义上是贸易专员，但因为分工尚未明确，所以经常需要做一些本职工作以外的事情。当然了，老板不会直接要求员工经常性地承担不属于自己的工作。不过，老板一定会悄悄观察大家的表现。没过多久，老板就发现小伊是个有能力并且有远见的好员工。开始时，因为对员工不甚了解，办公室的钥匙由 3 个领导亲自掌管，早上领导到了员工才能进门。慢慢地，领导们发现，每天早上小伊都提早 20 分钟到办公室门口等待，几乎是雷打不动。领导们反而会因为种种事宜偶尔迟到，导致办公室开门的时间并不能保证每天准时，难免耽误工作。看着小伊很靠谱，老板就把钥匙给了她一把。自此，小伊承担了一份文秘的工作——除了早上准时开门外，还会把每天的签到表、笔准备好，准时记下各员工到达的时间。另外，她还会把一些需要寄出的资料，在早上的第一时间发出去。办公室人少事情相对也少，小伊略花时间兼顾，就为公司节省了雇佣一个人员的支出。

小伊还承担起了内勤的工作，诸如打印机的墨用完了，水电费该交了，为办公室添置办公材料，过节购置一些福利用品等一些琐碎的事情，小伊都能早早做打算，只要看到哪项物资快用尽了，她都会提前向老板打声招呼，利用午休时间购买。

办公室的卫生也是小伊每天所关注的问题。领导的办公室养着几条小金鱼，小伊两三天会帮金鱼换一次水，并收拾干净地面和桌面。

小伊做这些事情，除了必须汇报的，她都不会在领导面前提起，从不自我夸耀，只是默默把事情做好。最难能可贵的一点是，小伊每次做这些"额外功"，都是积极快乐、充满热情的。另外两个员工最初也会主动承担一点工作，但有时偷懒，或者觉得领导没有表扬自己，做了也没什么意思，渐渐就不管了。但实际上，谁做了，做了多少，时间一长领导都会心知肚明。3 个领导都对小伊产生了非常好的印象，觉得她是一个真正把公司事当作自己事的人，是一个非常可用的人，是一个即使没有领导监督也能做到认真负责的人。

半年后，除小伊之外的两个员工，觉得庙太小，看不到发展，纷纷辞职了。公司也不十分在意，他们知道小伊才是一块真正的"宝物"。新招来的员工，看得出领导对小伊的器重，也都非常尊敬她。

两年后，公司根基越来越牢固，规模不断扩大，小伊成了"元老"级人物，薪资和地位都比普通员工高了一大截。不过，小伊仍然保持着对工作的敬畏，尽自己所能为公司解决更多的问题。

试想，如果你是一个公司的领导者，你会挑选什么样的人委以重任？除了职业道德之外，最主要考虑的当然是能力。而在一个人才济济的地方，怎样能让自己快速崭露头角？答案无外乎"多劳"，正如那句成语"能者多劳"嘛！

在当今社会的大环境中，总体来说每个人的压力都非常大，也造成了大众普遍的"现实"思想。这种思想的其中一种表现就是更愿意做那些立刻见效的事情，或者说回报不少于付出的事情。所以，能在完成较重的分内事的同时，还有心胸和精力做点额外事的人，在一个集体中往往是比较少见的。然而，要知道，在人生的整个历程中，可以说没有任何一点努力会"付之东流"，或许它"见效慢"，但是要相信，总有一天它会发挥自己的效果。并且，那些看似总是做"慢功夫"的人，从长远来看，其实是为自己的登顶之路开启了"加速度"。如果说我们每个人的人生都需要走上坡路，不断攀登才能走上峰顶。那么有这样智慧的人，就好比逐渐给自己增加了一个辅助工具，坚持一年会有个"登山杖"，坚持五年会有个"摩托车"，而能坚持 10 年、20 年的人，上坡的过程就会有如开着一辆越野车。能比别人快多少，不言而喻。

就从此刻开始，把自己的眼光放远一些。当上级交给你一件分外之事时，别再不情愿、不上心，像对待本职工作一样认真去做吧！而你也要学着"眼观六路"，像少年追星的时候努力收集偶像的衍生信息那样，把自我职责的"衍生信息"也放到自己篮子里。当你能独当一面的时候，你就是行业中炙手可热的全能型人才！

5. 偷师过时了，让前辈主动教你

我们常常说，不管是哪行哪业，一个出色的任职者一定要同时具备过硬的专业知识和丰富的行业经验。前者为什么很重要不言而喻，经验这个看上去有点虚幻的东西为什么也被提到这么高的位置？

首先，我们通过现实中一些非常普遍的现象来看一下经验到底有多么重要。几乎所有的公司在招聘启事上，都会写上这样一条要求：有该职位的工作经验 × 年。即使一个刚起步、规模稚嫩的公司，也会让"有相关经验的人优先"。一个高学历的应届毕业生、研究生、博士生，甚至从国外某名牌大学毕业的"海归"，由于没有实际经验，刚进入职场的待遇和普通学历的新人都不会有太大的差距。在一些服务行业，老板为了让销售快速积累经验，会花高价——甚至是一个销售员一两个月的工资，请一个经验丰富的讲师来讲一个小时的课。在很多行业中——比如医生、教师、学者、科研工作者等，经验简直就是能力、地位、薪酬的代名词。在招聘者眼中，经验代表着这个人能处理多少除常见业务外的"疑难杂症"；从培养此人到运用他，要花去多少时间和成本；此人的工作效率和正确率有多高；其给身边员工带来的影响利大还是弊大；甚至他能不能带动一个尚未成熟的公司快速进入成熟阶段。

我们常说学历是敲门砖，可经验却是进入公司大门、提升自身地位乃至获得利益的"神器"！所以，经验还不够丰富的年轻人，不要再傻傻地把精力放在次要的事情上，比如一上班就钻进自己的小格子间苦熬，比如把拍领导马屁和搞好同事关系当作"职场法宝"。如果你能成为一个经验老到的职场"牛人"，那么所谓的同事关系、领导赏识，都将不是问题。

然而，最好用的经验不会出现在书本上，最宝贵的经验也不是上班一两天就能总结出来的，那些介于白色和灰色之间较浅的"潜规则"，更不是只靠几个月的职场磨刀就能磨出来的。要想在职场中快速获得有效的经验，最直接的办法就是向该单位的前辈请教。道理很简单，要想获得成功既要靠个人修行，也要靠"师傅领进门"啊！职场前辈的经验，是他们摸爬滚打多年提取出来的"精华"，是纵横江湖必须掌握的"软技能"。职场新人若能得到老员工的指导，就真应了那句话——"赢在了起跑线上"。

可当今社会，大家各有各的忙，谁闲得无聊愿意做你的"加速器"呢？有些职场新人搞不清楚状况，像高中生一样，没事就捧着资料请教前辈。一些老员工可能不厌其烦，在你问了十几次之后还能耐心地给你讲解，并且真的把省时省力的小技巧传给你。但你要相信，这样的员工少之又少，更多的老员工是敷衍地讲两句，或者直接用表情告诉你："自己想去"。这也能理解，毕竟资质再老的员工，如今端的也不是铁饭碗，他们也怕自己在职场中失去竞争力。

明的不行，就来暗的。职场菜鸟们学会了"左顾右盼"，也学会了真的像鸟一样"飞上枝头"。在公司常常看到这样的场景：老员工拿着自己完成的任务向领导汇报时，或老板拿着一个难题和老员工商讨时，他们的肩膀上方、脑袋上方就会悄然出现一只"小鸟"，好似飞过来觅食。又或者老员工不在办公室的时候，"小鸟"也会飞到他的桌子上，翻开他的资料和笔记。是的，花样百出的偷师方法也在职场中甚为盛行，毕竟"偷偷学习"的名声比一直处于公司底层要好接受很多。可偷师真的是一个好方法吗？且先不说因此背上的难堪和恶名，随着职场"老鸟"的防备心理越来越强，偷师已经难以取得期盼的效果，反而可能"偷鸡不成蚀把米"。现实生活中就有这样的事例：一个电力公司的新员工，为了从某个老员工那学到经验技巧，经常趁前辈不注意偷看他的工作笔记。老员工不是善良之辈，反感新人的行为，就在做新工程时，画了一个假的电路图，并在旁边写上"快速处理方案"。新人信以为真，运用到实际操作里，最终高压电致使他失去了两只手，年仅20岁就留下了终生遗憾。

这样极端的例子虽然很少，但很多事实也在证明着，今天想在职场中成功，偷师并不那么容易。那么，我们用什么方法能让自己达到快速学习的目的而又不损人损己呢？最好的方法就是两厢情愿，你既愿意学，前辈也愿意教。有句古语叫"无功不受禄"。反过来，受禄的人才会甘愿"有功"。这样互惠有利的行为，并不能简单地称之为势利、贪财。要知道，在契约社会，这才是最有保证的获得方式。

一个青年作家程安就曾表达了这样的观点：用利益换取才是获得最简单的手段。闻道有先后，术业有专攻，当你想得到专业以外的一些信息时，不要到处去问朋友，企图找到一个有相关知识的人给自己免费解答。第一，你找到的人并不一定愿意免费帮忙，毕竟人家也是花了多年的时间和金钱才学到的知识；第二，你找到的人未必是个真正懂行的人，免费与"好"之间不存在等号；第三，即使你真的找到了一个懂行又愿意免费帮忙的人，也难以保证效率——谁叫你舍不得花钱，等人家有时间了再说吧；第四，就算你免费得到了自己想要的，等等，你难道真的没有付出任何代价吗？与此同时，你已经欠下一个人情，下次人家说不定需要你用更高的代价偿还。看一看，这么多么复杂？还不如直接花点钱找个专业又情愿的人，快速地给出自己想要的答案。程安的写作之路，就曾经受到过一些高资质的人的指导。当然了，程安花了钱或者也付出了与得到相匹配的东西。

还是那句被无数人说过的话，"天下没有免费的午餐"。这并不是说人们之间只能有金钱利益，而是说，每个人有今天的学识、人脉或成就，都不是大风刮来的，那些付出都在等待一个回报。换位思考，如果你是一个苦学了多年的律师，花了不知多少钱才有今天一肚子的法律知识和处理案子的经验，假如时不时就有亲朋好友想跟你做咨询，你是否愿意把自己大把的时间都用来免费付出？你一定会想："我给客户做咨询，是论小时算钱的啊！这些亲友已经聊了我 ×× 钱。"

所以，我们就做一个简单直接的人吧！想想这是花钱买经验，自己并不亏。当你想要从职场前辈那里打听点什么的时候，别只带着一张嘴，哪怕只是请人家吃一个工作餐，都是必要的。

要想跟一个有经验的人保持长期交流，要经常给人家一些实际的、实惠的东西。要知道，人家是把自己的饭碗暂时放下，用自己本来能挣钱的时间来教你做事呢！台湾非常著名的作曲人刘家昌，是一个捧红了很多大腕歌手的乐坛前辈，很多明星都非常尊敬他，无比渴望与他合作。有一次，他在一个采访中说："邓丽君是一个非常懂事的小孩，她每次来拜访我，绝不会空手而来，每次都会带一个小礼物……"看吧，即使是生活特别优越的大师，也欣赏那些懂得人情世故的人。刘家昌给邓丽君写了不少歌，这些著名的作品成就了邓丽君。所以，这样看来，你付出的那一点儿跟你可能获得成就相比，根本就不值得一提。

第四章

PATER FOUR

以静制动，有时一朵花比一束花更香

　　诸葛亮当年草船借箭，他和鲁肃坐在船里喝茶闲话，就惊动了曹军的千万人马，得到了十万多只箭。同是诸葛亮，在败仗后带着残兵在一座废弃小城内躲避，只在城门上抚琴，就击退了司马懿的强兵。诸葛亮智慧超群，非常善于"以静制动"，常常能用很少的代价得到巨大的收获。在今天浮躁的社会里，我们都应该学习他的智慧，不声不响把事情办成的人比闹得鸡飞狗跳才达到自己目的的人，要高明数十倍。

1. 歇会儿，是对生命致敬

先分享两个真实的事情：一个刚刚被升为某公司区域经理的人，突发心脏病，救治不及时离开了人世，年仅 35 岁。他并不是能力很出色的人，晋升到这一步非常不容易。这个位置是他用 8 年全年无休的努力换来的。他白天工作，晚上继续加班工作，就连睡觉都在想怎样能让自己的工作更出色。两年前，他感觉到身体不适，查出轻度心脏问题。医生建议他休假一个月，他觉得这个提议简直是天方夜谭，休假一个月是把原本属于自己的机会拱手让给别人。他甚至没有休息一天，继续拼搏在一线。终于，他最终也倒在了销售一线上。当员工想从他身上找到急救药时，却发现他根本没有心思给自己准备药物。他把生命献给了工作，工作也毫不留情地夺走了他的生命。

有一个自主创业的青年，为了和生意场上的人打成一片，每天晚上都要请客吃饭，今天请张三，明天请李四，一天都不落。他有一个理念：交情都是喝出来的。因此每次饭没吃多少，酒倒喝得挺足的，经常第二天晚上喝酒的时候，他前一晚的酒醉还没醒。毫不夸张地说，他整个人每天就像泡在酒里一样。很快，他被查出了脂肪肝，身边的人都劝他不要再酗酒。他却说："我刚把一些人脉捂热乎，打铁得趁热，如果不把他们的单子拿下，那我原来的酒不是白喝了吗？"于是，照常夜夜笙歌。大年初三，他在请客户吃饭的时候，胃出血死在酒桌上。这时，他的公司算是刚刚站稳了脚跟，但也没有任何意义了。

这些例子是身体上的，还有一些是心理上的。比如每年都会出现个别临近高考的考生，因为受不了巨大的心理压力，不知适当地调整而出现精神问题，有的甚至葬送了自己美好的一生。

一个修鞋匠说："一双质量再好的鞋，天天穿照样坏得快。保养鞋子的一个好方法，就是两双鞋或几双鞋替换着穿，这样每双鞋都能得到休息，才能延长寿命。"鞋尚且如此，何况是人呢？今天的人们犯的最大错误，就是用健康换取地位和财富。很多老人都会给拼搏在职场上的年轻人说这样一句话："不要因为年轻就肆无忌惮挥霍他自己的精力和体力，30岁之前你或许觉得自己身体特别好，但30岁之前是人找病，30岁以后就是病找人了。"的确，我们的身体也像银行一样，提前透支健康，迟早有一天你要还回来。并且你前期透支得越狠，后面还款时就越狼狈——你要付出比当初更高的代价才能偿还。想必超过30岁的人，也一定深有体会：二十啷当岁，真是个好年龄，就算熬了两天没有睡觉，只要好好补一觉就能恢复精力，活蹦乱跳不是梦。可一旦过了30岁，别说熬夜了，上了一天班之后甚至没有精力出去玩，只想赶快回家休息。如果因为工作熬了一夜，那恐怕3天都缓不过来。

有些年轻人可能会说："马云创业每天吃泡面。名人为了成功付出那么多努力，我为什么不可以？每天和别人一样上班下班、睡觉起床，什么时候能做出一番事业？"的确，成功人士在成功以前都付出了相当多的努力，但他们的努力在他们成名之后被一些媒介放大，或者断章取义，只用一些夸张的、能够吸引眼球的消息来震惊世人。实际上，马云吃泡面或许是真的，但媒体没有告诉你的是，马云还是一个爱睡懒觉的人。这是李彦宏在一次采访中说起的。并不是马云的生活习惯如此"普通"，几乎所有成就在中国排得上名次的人，都有一个非常"普通"的作息，跟一般人没什么两样。

2015年福布斯富豪榜发布，中国前五为：李嘉诚、李兆基、王健林、马云、李河君。其中，李嘉诚作为中国首富已经非常有名，几乎人人都知道他的名字。人们以为他的生活神秘莫测，一定是经过通宵达旦的努力才能有现在的成绩。但其实，李嘉诚的作息是特别有规律的，晚上基本不会熬夜，而且一定会在清晨6点左右起床。王健林也曾说："我这一天天就是在工作中度过的。每天准时6点起床，7点10分到公司，基本上雷打不动，前后时间差不超过5分钟。晚上下班回去就8点多了，如果我们自己有会议或者有宴请，就延迟到9点至10点。每天11点准时休息。"

再看看这些人的其他生活习惯，有几个人会酗酒成性，每天醉倒在酒桌上？真正成功的人，往往不喜欢外面喧闹嘈杂的环境，不喜欢把自己淹没在无尽的应酬里，他们更愿意多花时间在家里，养花弄草，度过安详健康的时光。所以，一个人如果把拼事业作为自己应酬、酗酒、熬夜的理由，那么他不是在找借口，就是能力不够——喜欢花天酒地的人才给自己找不回家的借口，不能正确地认知自己能力的人，才会把成功与人脉紧紧相连，或者用透支自己的休息时间来工作。

做一个成功的人很有诱惑力，但做一个健康的人更重要。一些被说烂的道理，是因为它们是真理，比如"身体是革命的本钱"。假设有一天你拥有了全世界最好的房子和汽车，有最多的存款，可你只能躺在病床上看着这一切，那拥有美好的事物对你而言又有什么意义呢？从现在开始，用正确的生活习惯来约束自己，在健康的前提下去追寻财富。

想要养成正确的生活习惯，最重要的一项就是作息。每天的睡觉时间最少要保证在7个小时，最好要在8个小时左右，且其中包含一个20分钟左右的午后小憩。最佳的睡眠时间是在21点至7点之间。在这之间选择七八个小时去睡觉，第二天你会觉得精神抖擞，做事效率高。不过，随着一些行业的产生和变化，某些职业的人需要用夜间时间来完成自己的工作，或者说晚上会让他们效率大增，比如作者、设计师和艺术创造者。有专业医师建议，对于这一类无法做到早睡的人群，选择固定的时间完成八个小时的睡眠，对身体也是利大于弊的。比如一个人出于工作习惯的原因，在凌晨两点才能睡觉，那就固定在每天的 2 点至 10 点睡觉，形成适合自身的生物钟。最差的睡眠是每天入睡和起床时间不固定，睡眠时长也不固定或长期少于 6 个小时的人。

当然了，即使你有很健康的作息，也不代表你不会感到劳累。当工作压力突然增大的时候，当事业遭遇瓶颈的时候，当家庭产生变故或者急需挣钱的时候，我们都会在无形中加快脚步，或者延长做事情的时间，可能是工作上的，也可能是生活上的。规律中穿插偶尔的忙碌，这倒也没有大碍。但有些人掌握不好尺度，明明身体已经吃不消，还没有停下或减慢脚步的意思。这样产生的后果是不堪设想的，也可能是我们承受不起的。所以，我们要学会做自己的心理医生，学会做高压锅上的那个减压阀，学会做逆风，控制自己的脚步。要记住，一个不懂得停下来休息的人，根本谈不上前进。减少自己的野心，如果你在一段时间内只能走出三步像样的棋，那么宁可做一个进三步退一步的人，也不要做一个抢着进四步的人。

2. 另外那 8 个小时，你在做什么

我们都知道，每个人每天需要 8 个小时的时间休息，工作日需要 8 个小时的时间上班。而另外还有 8 个小时是我们可以自由分配的时间。回顾过去，简单给自己做一个小的总结：那自由的 8 个小时，你在做什么？贪玩的人或许用来玩，懒惰的人用来发呆、睡觉，爱吃的人可能用大把时间来做饭或访遍大街小巷寻找美食……如果你是一个没什么野心、安于平淡的人，这样度过无可厚非。可是，很多人明明期盼成功，想过上更好的生活，却也在日复一日地过着让自己"放松"的日子。或者说他们每日消磨时光，却羡慕别人功成名就，有着优越的生活。

人在某一些时候，要做的事情是相同的，比如都要睡觉、吃饭、做家务、挤地铁，但有些时候人们可以选择自己想做的

事情，这些不同的选择渐渐把人们区分开来。如果你在当下选择安逸，那么就要做好将来可能陷入窘境的准备；如果你希望自己一生不为钱财而发愁，或者梦想达成自己喜欢的某种生活状态，那在年轻的今天就要勤奋地为将来做好铺垫，不要在时光流逝之后再遗憾或后悔。有句话说得好：加油吧！明天的你会感谢今天努力的你！

可有人也会说，每天虽然有8个小时的自由时间，但处理家务和杂事就要花掉一部分时间，自己也要做适当的休息调整，不能连轴转。还有一些应酬和娱乐项目，也是生活中必不可少的。除去这些，每天能有三四个小时的自由时间就不错了。这么短的时间，能做点什么？或者说能改变什么呢？或许你听过"一万小时定律"，它能给我们一些解答。

美国作家格拉德维尔在《异类》一书中指出，人们眼中的天才之所以卓越非凡，并非天资超人一等，而是付出了持续不断的努力。一万个小时的锤炼是任何人从平凡变成超凡的必要条件。格拉德维尔将这称作"一万小时定律"，他认为，要成为某个领域的专家，需要一万小时的投入。当然，这个"一万小时"只是一个参考值，或者说一个概述。以一天 8 个小时、一周 5 天的工作制来计算，一万个小时相当于 5 年的投入。也就是说，我们在一个领域专心投入 5 年，就能成为这个领域的佼佼者。

看到这个定律，很多人可能都会笑，觉得它是理想化的定律——太多人在自己平凡的岗位上工作了 10 年、20 年，甚至一辈子，也没有成为专家，他们可能作为一个超市卖货人员开始自己的职业生涯，并在同样的岗位上为自己的工作画上句点。的确，这些很常见的现象是对"一万小时定律"的有力反驳。不过，这个定律是需要补充说明两点的：第一点就是，你必须在某个领域接受针对性的训练，要有计划、有目标地在这 5 年里进行努力。就好像你想成为一名游泳比赛的职业选手，就得在游泳教练的指导下苦练。如果你是凭着自己的想法去游，那你一辈子都只是一个游泳爱好者。你也许自己游得非常开心，但你不一定能在比赛中打败别的对手，当然也不能成为游泳界的优秀者。

关于这个定律需要补充的是：你需要在自己比较占优势的

领域进行努力。小时候我们总被告知爱迪生的这句名言："天才就是1%的天分加上99%的汗水。"可老师没有告诉我们的是，这句话还有后半部分："但那1%的天分是最重要的，甚至比那99%的汗水都要重要。"这说明了什么？有些事情就算你花一生去努力，也难以取得什么成就。比如，你是一个五音不全的人，你硬要去学唱歌、当歌手，可能到头发花白你还没能做成。而有一些小时候完全没有机会学习音乐，但有着音乐天赋的人，在某一个机会来临时，稍加学习就能从事唱歌的职业，再多努力一些就能在乐坛取得斐然的成绩。所以，我们总是强调做人要有"自知之明"，要非常清楚地了解自己擅长什么、不擅长什么。思八达创始人、智慧之光董事局主席刘一秒曾经说过一句话："宝贝放错了地方就是废物！"这句话也应该成为我们的案头语。生活在这个竞争激烈的社会，我们每个人都非常努力，但每个人努力的结果却大不相同。相信这不同并不完全取决于智力和背景，而很大一部分在于没有认清自己和事物的眼光。就像一个参加选秀比赛的选手，挑了一首非常不适合自己的歌，即使他练上一千遍、一万遍，在舞台上都不如那些选了很适合自己歌的选手。几乎所有的音乐人都赞同一个道理——选对了歌就成功了一半，这个道理对于我们选择适合自己的工作来说也同样适用。

这样，我们就能解释为什么有些人会在同一个岗位上做很多年，却并不能取得明显的进步。因为他们只把注意力放在自己现有的工作上，并没对自己的未来做出预期，并且根据预期来对自己进行有针对性的训练。同时，我们也明白了，在额外的 8 个小时里，我们该如何选择一件有意义的事情。

也许忙完所有的杂事，你余下的 8 个小时只剩下 4 个小时能够供自己分配，但这也没关系。关键是你要认定一件事情，日复一日地坚持下来。这其中有两个选择：第一是做自己本职工作的"额外功课"，这意味着你喜欢自己现有的工作，或想在这个行业稳定发展；第二就是做另外一件自己喜欢且擅长的事情。不管你选择哪个，非常重要的两个字就是"坚持"。如果没有实际行动支撑，那么你的想法永远都不可能变成现实。

李梓是一名教辅书编辑，在公司负责做语文课外辅导书的编写。她目前单身，独自生活在北京，因为下班后空余时间比较多，白天的工作也不算太累，李梓觉得自己还能再承受一份兼职，多赚点钱，也能把晚上的时间利用起来。于是，她又找了一份同样工作的兼职，每天晚上做 4 个小时。因为晚上效率比较高，李梓每晚所做的工作也相当于白天的三分之二了。这样基本每个月，她都能多挣出两倍的工资。看着日渐多起来的存款，李梓非常开心。两年后，李梓存够了 15 万，这让她也非常吃惊，没想到自己能在短时间内达到六位数的存款。这时她想，既然我能坚持两年，每天抽出 4 个小时来做额外工作，那么我也可以把这 4 个小时用来写小说。想到自己本来就酷爱写作，选择这份工作也与自己的爱好有关，但一直没能真正开始写属于自己的东西。她想，这时没有家庭羁绊，现在不努力什么时候努力呢？说做就做。她在一家小说网注册了网络作家的账号，确定了一本小说的主题，每天晚上都坚持写 3 个小时。只用了 3 个月的时间，李梓就完成了自己的第一本书。不过，这本书的点击量并不是太高，她得到的回报也不多。但她并不灰心，又开始了第二本的创作。这次她把自己埋藏在心中多年的一个题材拿出来，完成了一本高质量的小说。果然，这本书一上架就很受欢迎，她一连几个月都拿到 3 万元的薪酬。当她的朋友和同事听说这件事时，都不敢相信，毕竟她还是一个普通的上班族呀！哪有时间完成这么大的工程？李梓心中暗美，很庆幸当年要求自己利用起了晚上的时间。

　　不积跬步，无以至千里。再庞大的工程，也是由每一分钟组成的。那一万个小时，看起来多得吓人，但当你浪费了今天的 3 个小时、明天的 4 个小时，10 年后别人用业余时间给自己创造了一个奇迹，你却只能带着嫉妒的眼光恨自己虚度了光阴。

3. 保持安静，你才听得见别人的思想

"你有一个苹果，我有一个苹果，我们彼此交换，还是各有一个苹果。你有一个思想，我有一个思想，我们彼此交换，就各自有了两个思想。"70后、80后、90后们，想必上学时都被这句话"熏陶"。学校希望我们做一个学会分享思想的人，让每个人思想的火花都能燃烧，因为对于一个人来说思想的重要性是不言而喻的。一个人的所有行为都由思想指导，这些行为最终构成他的一生，决定他的命运。所以，思想丰富、有独立思想，是每个父母对孩子的期盼，也是每个成年人对自我的愿望。

那么，如何让自己的思想更加丰富、更加正确呢?

我们先来看生活中一些形成反作用的现象。最典型的有以下几种：别人在说话，你在走神，完全不理会对方说了什么；别人在说话，你想起自己也懂一点，急着表现自己，赶紧打断别人抢着自己说；别人在说话，他的观点你并不赞同，于是关上自己的耳朵，在心里讥笑……习惯于这些做法的人，一定是不够聪明、不够包容的人，迟早有一天，他们会长成思想狭隘、见识浅薄、不受欢迎的人。

对于一个国家来说，包容性和多元性是它非常可爱的地方，有这些特质的国家让人很喜欢亲近。对于一个人来说也是如此。首先一个人要是能接受各种声音，那么他就是一个人缘好的人；其次这个人如果能认真倾听并思考别人的想法，那么这个人一定是个聪明人，也会慢慢变成一个非常有深度和见识的人。相反，如果他什么都不容不下，总是认为别人不如自己正确，那他不但会在思想上走入死胡同，也会是一个不招人喜欢的人。更严重的，他的杀伤力还会危及下一代。那些思想单一、性格偏执的人，小时候一定有一个专制的家长。父亲或母亲非常强势且固执，不允许孩子有自己的想法，更不允许孩子"忤逆"自己，一切都要以自己为标准，一切交流都以"听我的"为中心思想。可怕的是，这样在别人的"强权"下长大的孩子，将来也会成为同样的父母，把这种"禁锢"传给自己的孩子。老话说："不是一家人，不进一家门。"现实中，我们常常看到一大家子人有着极为相同的性情。长辈脾气不好，晚辈也是一样；长辈理智谦和，孩子往往也是礼貌宽容。曾听说有一个村子里有一家人非常"出名"，是有名的"混世魔王"家族。男主人是个习惯用语言暴力和肢体暴力作为交流方式的人，并自以为很了不起。结果，他上高中的儿子，在学校也是一个有名的"混混"，经常打架闹事，平时说话也带着刺，班里没有一个同学喜欢跟他在一起。正如他们一家，在村里也什么朋友一样。这就是上一辈不好的思想造就不出好的孩子，并且让孩子也耳濡目染地继承到不好思想的典型事例。

那么，如何做一个让后代受益、让周围的人也感到舒服的人？其实，总结以上那些思想不够好的人，他们做事情都有一个特点，那就是太浮躁。因为没有一颗能沉得住的心，所以才老想通过改变别人的行为、思想来证明自己是对的，并以此认为自己握有影响别人的权力。所以，我们要反其道而行之，就是试着多让别人的思想来"影响"自己，总结起来有七个字：

打开耳朵，闭上嘴。

　　在和别人交流的时候，尤其是人多时，记住一个原则：让自己说的比别人说的话少。不管在什么场合，都别刻意表现自己。同时，也不要在别人说话的时候走神。我们常说，社会就是一个大课堂。其实，我们学习的主要方式就是通过别人的语言。我们每天都会遇到不同的人，说不同内容的话。哪怕是路边卖煎饼的小贩，都会了解我们所不知道的事情。正如孔子所说，"三人行必有我师"。所以在别人说话时，我们要给予足够的重视。这不仅仅是尊重别人，更是让自己有了一次学习的机会。当你和老人聊过天，和孩子玩耍过；当你和政府部门的人攀谈过，和环卫工人寒暄过；当你听遭遇困境的人诉苦过，听幸福的人庆贺过；听过来自喜欢你的人、想巴结你的人的美言；听过来自讨厌你的人、被你伤害过的人恶语相向……当你听见世间所有的语言，你就像看过了无数人的人生。所谓"读万卷书不如行万里路，行万里路不如阅人无数"，就是这个道理。你看过的人越多，你对社会的认识就越深刻；你听过的话越多，你的思想就越丰富。

　　热播的网络辩论节目《奇葩说》，在第三季迎来了一个不一样的选手：董婧。跟以往选手强劲的辩论技巧不同，董婧的辩论就像写一篇叙事加议论的文章，有着非常丰富的现实事例，这让她的辩论几乎不着"辩"的痕迹，就悄悄征服了所有人。她使《奇葩说》的辩论舞台耳目一新，是一个不一样的辩论声音。董婧年纪轻轻，怎么会了解那么多现实中的真实案例呢？原来，董婧是湖南某民生调解节目的记者，并且是一个出色的记者。因为她非常懂得，在这份工作中必须要有一双非常真诚的耳朵。因为很多百姓矛盾，并非涉及大善大恶，只是亲友之间、邻里之间一些日渐堆积的小摩擦，导致双方心里都有一口堵着的气，需要有人来听他们吐苦水。而董婧就很聪明地抓住了这一点，她听得多，说得少，不但让当事人通过诉说抒发了自己心中的怨气，还在认真的倾听中抓住了事件的主要矛盾。在这样的前提下，董婧在调解矛盾的过程中，往往能一针见血，让双方都冷静下来，并相互理解和退让。虽然董婧说得很少，但在说话方面她也下了不小的功夫。董婧是甘肃人，但她来到《奇葩说》舞台的第一天，操着一口浓烈的"长沙普通话"，让大家都以为她是长沙本地人。董婧解释，因为调解的大多是普通百姓之间的矛盾，而自己一口甘肃话或者一口标准的普通话，会让当地人有距离感，不能真正地相信自己，于是她快速学会了"长沙普通话"。这让她在调解过程中顺利了很多。

在《奇葩说》舞台上，董婧把自己丰富的经历引入辩论中，用一个个真实的例子阐述了自己的观点：在恶劣天气叫外卖，我有罪。她的阐述安静且有力量，一举征服了导师和老选手。当被问到为什么能有这么多现实生活的例子，并把例子与辩题结合得这么好时，董婧认为，也许正是自己在工作中善于倾听，懂得了很多平民老百姓的想法，以及他们的一些关注点，才能真正地让思想也跟着饱满起来，能够站在事实面前说话，让自己的辩论听起来更有说服力。

学会保持安静吧！世界上已经有太多的人愿意说，而很少有人愿意听。在这件事上，真理又站在了少数人的一边——善于听的人才是更有智慧的人。当然，如果需要你发声，也无须三缄其口。因为你能在平时听取更多的声音，所以在表达的时候，你也将表达出丰富的、准确的观点。听和说并不冲突，听能让我们表达得更好。

4. 人生不是角色转换，而是角色累加

你是否为自己现在所做的事情而感到不满意？你或许厌倦自己的工作，讨厌自己的状态，所以你以不认真的态度生活着，等待自己喜欢的人生状态快点到来。

也许我们不认为自己是这样的，可实际上我们确实落入了生活的"圈套"。比如，当我们上高中的时候，面对繁重的学习任务和升学压力，总是希望这三年快点过去。不免在心里想：现在的生活真没劲，不能有别的选择，那就得过且过吧！等我上了大学，生活一定特别精彩，到时候我要认真地过每一分钟！甚至当你上一堂一点都不感冒的生物课时，你百无聊赖，偷偷看小说消磨时间，或者假装听课心思却飞到了漫画上。你或许会想：这节课真没意思，这45分钟快点过去！快点下课吧，

下节是有趣的历史课，我要仔细听老师讲！也许有一天，你真的上了大学，面对几门可学可不学的课程和不痛不痒的考试，照样提不起精神，那些社团、课余活动，对你来说都不好玩，还不如窝在宿舍看电影、玩游戏、看小说、睡大觉。日子一天天这样过，你也讨厌自己懒散的状态，却提不起精神做点有意义的事情。于是，你想，反正还在上学，放松点无所谓，等我毕业以后，上了班，我会好好做事、积极利用时间的……是的，"等到了什么时候，我再怎么样"。我们经常给自己这样一个理由，当作今天浮躁、懒散的借口。可越是这样想的人，越是不会有精彩的明天，他心里期盼的"那个时候"永远不会到来。因为明天要靠今天积累，每一个今天都在为明天做铺垫，迷迷糊糊过今天的人，明天照样不会全心全意。即使你真的有了做事情的激情，你浪费的昨天已经把事情被拖延到无法挽回的地步，你已失去了最佳的机会。

也许有人会说，我在不同的阶段做不同的事情，两者互不打扰，怎么会有影响呢？把问题这样理解的人犯了一个认知上的错误：人在每一个阶段所做的事情、所扮演的角色，都是未来自己处于某种状态的一个原因。我们永远不要觉得今天自己做的事情和明天无关，今天荒芜的，明天都要补回来；今天积攒的，都不会白费，都会变成明天的资本。就好比一个女生，做好了将来当家庭主妇的准备，于是学习不用心，工作不上心，以为这些全与自己的将来没关系。但到了真成为家庭主妇的那一天才发现，因为上学时没有用心，孩子问一些常识性的知识，自己都答不上来；因为上学、上班都没有用心，也没有养成读书看报的习惯，渐渐与老公之间的话题越来越少，常常跟不上老公的思想，既自卑又怕被老公嫌弃；因为以往的不认真，想闲来无事开个网店，又什么都不懂；孩子渐渐大了，自己想再出去找工作，除了体力活没有别的职位适合自己……的确，知识、工作经历，好像看起来离家庭主妇都很遥远，或者说不是家庭主妇的必备条件，但在这个知识型的社会，几乎没有一个人能以"不学无术"的状态，在这个社会生存得很好。

为什么说人生不是角色转换，而是累加？举个很简单的例子，假如你第一份工作是大学时期在饭店兼职做服务员，大学毕业后你做了一名商业翻译，这两个工作的差异很大。但无论你翻译的工作做得多么顺利，它除了得益于你学习知识的勤奋之外，与在饭店打工的经历也有分不开的关系。至少在饭店里，你知道了什么叫工作的辛苦，使你在日复一日的翻译工作中有坚持下来的毅力；在饭店里你和工作伙伴相处，与在学校和同学相处不同的，这也为熟悉翻译工作环境打下了基础；在饭店你知道了什么叫服务意识，在翻译工作中你也用得上它。很多大学生在毕业后，到名企找工作时，都不屑于提起自己兼职的"体力"劳动，觉得它对今天的工作没什么用处。但实际上，面试官在看到一个所谓的"天之骄子"能低下头去做体力工作，能在不够体面的体力工作中坚持几个月、几年，他们都会给面前的面试者加分。试想，假如一个面试官面对的是一个什么工作都没有参加过的应届毕业生，一定会在心里嘀咕：不知道这个孩子能不能吃苦，能不能很快适应工作环境，能不能有团队合作意识……有一两份不起眼的工作经历，总比简历上一片空白要好得多。

所以，无论你现在在哪里、做什么，都不要看不起眼前的事情。要不断地告诉自己，今天的努力其实也是在为明天的梦想而努力。还是讲一下上面的例子，假如你在饭店做得很好，没过几个月就做到了领班的位置，那说明你有领导素质，在自己喜欢的工作里尽量努力，你比别人晋升的可能性就更大一些。

如果你在饭店学到一些应急的措施，当你从事自己中意的职业时，你也会被领导高看一眼，毕竟每个公司都需要一些有特殊才华的人。

林越考上大学的那年，他给自己树立了一个目标，将来要做大型公司的管理者。从入学开始，他就每天到图书馆看有关工商管理的书，因为他的专业也是工商管理，老师会讲一些相关知识，所以他看起书来比较顺利。每天晚上、每个周末，舍友们不是聚在一起打牌，就是出去和漂亮女生约会。出去喝酒吃饭，林越一般不参加，但为了不显得太过不合群，他有时会加入到打牌的行列。除此之外，他都在自己的床上或者图书馆里静静看书。舍友有时会劝他："何必这么辛苦呢？过几年到社会上历练一段日子，我们就能学到好多实际的东西，现在看再多的书，以后工作还是要看现实情况。"林越只是笑笑："这是我的兴趣，我喜欢研究它。"不过，舍友的话也被林越听在了心里：是啊，书上的知识学得再多，也不能代替在实践中的学习。

大二那年，林越周末经常到各写字楼转转，看时下哪些公司比较热门，哪些公司的业务有待提高。有两次，林越看到刚刚成立的公司，一个老板很年轻，刚开始创业；另一个老板刚改行，对新行业也不太熟悉。林越和这两个老板聊了很久，给他们出了不少主意。实际情况证明，林越大部分主意都是正确的，个别建议还取得了非常好的效果。不过，也有几个主意存在失误，对公司是弊大于利的。但是新公司本就在摸索当中，小差错抵消不了大功劳，两个老板还是对林越非常感谢。后来，林越和这两个老板一直保持联系，随着他们公司的发展，得到了很多好的管理经验。

大学毕业后，经那个年轻的老板介绍，林越进入一家刚刚起步的公司，用自己的实力为公司做出了很多贡献，也伴随着公司的成长得到了很多收获，公司越来越有规模，林越当仁不让地成了高层管理。而当初那位劝他"别学习"的舍友，别说管理了，就连一份有发展空间的工作都还没有找到。

地基高一些，建起的梦想大楼也相对更高。人生总要有个开始，早早意识到已经"开始"的人，会把人生的大楼盖得更高!

5. 从低到高，也是一个过滤的过程

中国有句俗语说："人往高处走，水往低处流。"前半句用简单五个字，就把人一生的状态非常准确地概括了出来。但这并不是说，每个人年纪越大物质生活就越好、社会地位越高。而是说，随着一个人年纪的增长和经历的增多，随着外界环境的变化，他的思想、性情都会有所转变，身体由稚嫩变得成熟，思想由简单变得成熟，生活圈子也从单一变得丰富。一切我们生活的特质都在由低到高变化着。

当然，我们自己也需要这种变化。当你 30 岁的时候，你或许不想再和朋友没完没了讨论哪件衣服更显瘦、哪个男孩更帅这些问题了。这时你需要志同道合、更能聊得来的朋友，你需要有一个人探讨一些有思想、有深度的话题，你至少需要有

一人懂得自己，能在快乐时和自己分享，痛苦时给自己安慰。你需要真的能与你互相帮助、相互搀扶、共走人生路的人，而不仅仅是能一起吃喝玩乐、一起消磨时间的玩伴。没有什么比拥有一两个知心朋友更加快乐的事情了，有时比拥有爱情更加值得。所以，我们越长大，越会懂得自己想交什么样的朋友，也更加懂得怎样筛选，以及必须筛选——和话不投机的朋友在一起就是对自己的折磨。

在美国最著名的情景喜剧《老友记》中，有一集女主角莫妮卡被高中同学奇普约出去吃饭。莫妮卡高中时期是个胖子，不受男孩欢迎，还经常被男孩开恶劣的玩笑。而奇普则是高中最受欢迎的男生，不仅长得帅，而且还有一辆非常酷的摩托车，女孩都以能坐上他的车为傲。如今莫妮卡变瘦、变美，多年不见的奇普邀请她共进晚餐，她别提有多开心了，觉得受了那么多年的冷落，终于能给自己一个好的交代了。她本以为这次的约会会特别美好，毕竟奇普曾是大家梦寐以求的情人。谁知吃饭的时候，莫妮卡慢慢了解了奇普的现状：他仍然骑着那辆摩托车，穿着夹克，谈吐还像个高中生，从毕业到现在，一直在一家电影院做服务生，只因为能吃免费爆米花、看免费电影，

像个小孩一样捉弄男同学，快 30 岁的男人还和父母住在一起
（在美国，年轻人一毕业就会从家里搬出来，独立负责自己的
租房、吃穿费用。曾经的家就变成了父母的家，租的房子是自
己家。毕业后还住在父母那里，不管是男孩还是女孩，都会被
人看不起），还笑说："没关系，没有门禁。"（美国父母会
规定孩子晚上回家的时间，不过只是在孩子们 18 岁以前）……
成熟美丽的莫妮卡，早就搬出来有了自己的生活，并且在工作
上非常努力，她看着眼前这个奇普，无奈极了。回家之后，她
对室友瑞秋说："还记得我很想跟高中的奇普约会吗？是的，
我今天真的跟'高中生'奇普约会了。"

这个例子在生活中并不特殊。当你费尽气力找到一个曾经
很要好的同学的电话时，你或许满怀信心，想着你和他亲密的
友情。但当你真的找到他，一起吃了饭，聊了天，或谈起某个
同学，或说起对某件事的看法，你会惊讶地发现，当年那种默
契和无所顾忌的交流早就不存在了，现在除了有生疏，还有一
点小心翼翼。好吧，既然感觉不再，那就先说拜拜吧——因为
对方也对你们的交流感到很难受。

朋友如此，工作也如此。刚从校园走出来的时候，你可能意气风发，想做一件自己喜欢的事情，并且做得惊天动地。后来，你认识到现实不是那么容易，于是你改变想法：想做什么都好，只要能多赚钱。再后来，或许你做到了，你用很多时间和精力，换来了银行卡里的存款，你的衣服渐渐从几十元变成几百上千元，你开始喜欢手表、珠宝，开始筹备买大房子，好好装修一番，也开始学着打听哪家餐馆更高雅、更美味……30岁、40岁，或许有的人20多岁就达到了有钱的程度，但当物质已经不是一个问题，物质也不能再哄你开心时，你开始怀念自由，你盼望自己哪天能不再如此忙碌，能按时上下班，能休息完整的周末，能每年出国旅游。于是，这时的你又开始进行筛选，放掉那些把人当牛使的工作，宁愿少挣两千也要做一个"有闲"的人。

人一生的筛选，本就不能停止。我们渐渐放弃那些"乱花渐欲迷人眼"，返璞归真，留下那些真正让自己感到平静和快乐的东西。反过来，我们也该为了自我心灵的宁静，选择性地放掉一些浮在表面上的繁杂。

肖坤是个人缘很好的人。别的人在工作后，可能只有三五个中学同学、个别小学同学在联系；而他因为太受人欢迎，以至于已经参加工作5年，还有20多个同学和他保持联系。他呢，是个在别人面前不会有任何情绪的人，别人不管提出什么事情他都欣然配合。即使别人有得罪他、欺负他的地方，他也都当一个小玩笑，一笑而过，没有脾气，没有"主见"，这让他在朋友圈中很受欢迎。

不过，受欢迎也会带来副作用。肖坤工作之后，原来爱找他出去玩的几个老同学，开始慢慢找他借钱。起初是几百，肖坤每次都毫不犹豫地掏钱，后来就渐渐变成了几千，有几次甚至上万。肖坤哪是懂得拒绝的人？只要他兜里有钱，哪怕借给别人之后自己只剩十块钱，他都不会说不。当然了，有些同学借钱的时候就没打算还，肖坤始终也张不开口要回来。

借钱倒也罢了。后来肖坤的同学竟然给了他一把刀，让他帮自己"打架"——其实是让肖坤负责拿刀威胁半夜大街上的路人，自己去抢包。肖坤听到这里，榆木脑袋终于开了窍，知道自己必须要拒绝这一要求，并且远离这些不断地向他借钱，还拉自己进火坑的人。

　　这个案例中，肖坤虽然是个性格很好，甚至有些"软弱"的人，但他并不是傻子，他可能很早就知道这些朋友不可深交，之所以没有划清界限，是出于面子不好意思说出口。直到他快被所谓的朋友"逼上梁山"时，才逼自己下定决心，把他们"筛"出自己的圈子。

　　也许看到这个故事的人都在笑肖坤傻，但回想起自己的生活，我们何尝不是这样呢？明知自己交友不慎，也不好意思"绝交"，担心自己失去这个朋友就再也没有人愿意亲近自己；不喜欢自己现在的工作，名和利明明都不曾收获，也不敢轻易辞职，因为害怕不能快速找到心仪的工作，连下月的生活费都没着落；谈着一场超低质量的恋爱，明知道这个人不是自己真正合适的幸福，却也不愿轻易说分手，怕放开了这一个，下一个比这个还差劲……我们生活中不是有一根"鸡肋"，扔也没勇气，吃也没滋味。与其处在这样的尴尬境地，不如干脆放手，把它们从自己的生命里筛出去，给自己一个机会去寻觅真爱，无论工作还是爱人，抑或是朋友。一个人必须要把自己的某一块心灵腾空，把郁闷和怨气倒出来，才有地方装下快乐和幸福。

不如大喊一句"青春不死"，给自己一次筛选的勇气吧！

静下来治愈，用生命的香抚平身心的伤

　　每个人的生命，其实都像一块和好的面团，不管它最初多么光滑、完整，把它晾在空气里一小时，它都会出现一些小洞；在空气中放置的时间越长，就会产生越多、越大的洞。正如人生，生下来是天真完美，随着年纪和阅历的增长，每个人都会遇到痛苦和烦恼，这给我们造成了这些"小洞"；有些人还会遇到灾难和重大疾病，这是"大洞"。人生其实也是一个被"打洞"的过程但这并不代表我们不能拥有幸福那些幸福的人，不是因为受的伤少，而是他们善于抚平自己的伤口。

1. 不善处理，伤口永远都是伤口

当你受了伤，你会怎么做？一般人会面临五种选择：第一，
假装伤口不存在，继续人生的下一段路程。如果有人问起，那
就跟他诉诉苦。第二，像受伤的小猫小狗一样，窝在角落舔舐
自己的伤口，直到它好得差不多了，再恢复正常的人生。第三，
刻意隐瞒自己的创伤，不仅不会主动提起，就算有人问起也装
作自己不曾有过那样的经历。第四，每天把自己的伤口袒露给
别人看，逢人就诉说自己的不幸。第五，不遮掩伤口，也不随
便提起，有人讨论到相关话题，像没有受过伤一样诉说自己的
受伤经历。

这里我们不讨论哪种做法对、哪种做法错。只探讨一下，
哪种做法能最大限度地减少灾难带给我们的二次伤害。习惯第

一种做法的人，是很坚强的人。他们更愿意把苦楚消化在肚子里，以积极的一面面对别人。这样的人，坏事带给他们的二次伤害是比较小的，我们以 1 级来表示。第二种人，是内向又脆弱的人。他们不懂得向外界寻求力量帮自己渡过难关，他们会默默给自己疗伤。但当别人不经意提起他们的伤痛时，他们还是会很难过。坏事可能给这类人造成的二次伤害程度为 2 级。

先来看第四种人。很明显，他们是"祥林嫂式"的人物，怨气冲天，絮絮叨叨，直到把别人的同情心都耗尽，自己还不自知。这样的人，他们的痛苦在别人看来往往也不值钱——不值得别人为她难过，或者关心她的"复原"。接着我们拿第三种人和第四种比较一下。第三种人，是非常要面子的人，自尊心很强，强到把受伤也看成是自己的错，或者自己的弱点，他们不希望别人知道自己不好的经历，表面上像第一种人，习惯以坚强示人，但背后的原因却大不相同。第一种人是怕让别人难堪和尴尬，不想把负面情绪传染给别人；第三种人，是怕别人发现了自己的短处，嘲笑自己，看不起自己。第三和第四种人中的哪种人遭受二次伤害的可能性和程度会更大一些呢？第四种人虽然表现明显得多，但伤害最大的还是第三种人。这类人的伤痛每每被提起一次，就会像用匕首在自己的胸口上插两刀，一刀是来自他们认为外界对自己的看法，第二刀是他们对自己的看法。这样看不见的"暗刀"，伤人是最狠的。如果第四种的级别是 3 级的话，那么第三种就是 5 级，是伤害最大的一种。

第五种人是怎样疗伤的呢？对于这些人来说，也许会在某天午夜梦回的时候想起自己不幸的遭遇，但他们可能只想 3 分钟，转而又想到今天吃了什么好吃的、见了哪个好朋友等快乐的事情上去了。因为对于他们来说，伤害虽然不是好事，但他们明白已经发生的事情不可更改：第一，他们不会把伤害当作巨大的损失，不停地埋怨自己；第二，不寄期望于用别人的同情来建立自己的信心，不会逢人就诉苦；第三，他们没有强得不正常的自尊心，生怕别人知道自己的一丁点不完美；第四，他们明白事情已发生不可挽回，不会用过去的错误——不管是谁的错误来惩罚自己。这一类人，级别可能只有 0.5 级，甚至更少。

同样一件事情的发生，因为事后的处理方式不同，所产生的效果为什么会有这么大的差别？心理学告诉我们，一个人对事情的处理方式，尤其是对坏事的处理方式，直接显示出其心理健康程度。上述五种人，心态最为健康的是第五种。不管在什么境况下，发生什么事情，这类人都能将伤害降到最低，最大限度地保持自己的心理健康。心理学认为，对于不愉快的事情，尤其是不幸的遭遇，一个人如果企图掩盖它，甚至想当它没有发生过，一定会带来负面影响，因为这种做法是否定自己的过去、否定自己的人生。一个不愿意承认过去的人，很难相信他会有好的将来。

严心九岁的时候，父母离婚了。她和爸爸家那边的亲属比较亲近，却被判给了妈妈。可是，严心从小不在妈妈身边，和妈妈没什么感情，更可怕的是妈妈对她也没有应有的母爱。可想而知，严心在没有离开家的这几年的日子有多难过。

从九岁开始，严心就要在妈妈的指挥下做家务。几乎她能抬得动的东西，能学会使用的工具，都成了她的任务。别的小孩有父母接送上下学，写完家庭作业后就可以看动画片、吃零食。严心一天的生活却是这样安排的：早上闹铃响，妈妈叫她起来，自己接着睡。她踮着脚，把前一晚剩的饭艰难地热一下，有时基本没有热好就赶快吃完，自己背着书包上学。放学后，严心要自己回家。这时妈妈还没回来。但严心已经有自己的任务：写作业，熬粥或者煮面条。对于一个九岁的孩子来说，扫地、擦桌子或许可以做，但做饭很容易被烫到。可妈妈依然要求严心每天做饭，否则回家后会训她很久。周末，别的孩子可以跟着父母出去玩，严心要在家里刷鞋、洗衣服。她经常偷偷在家里哭，不明白为什么妈妈会这样对自己。

在这样的日子里熬了很久，严心终于长大了，离开了家。到外地上了大学，并留在外地找了一份工作。她忘不了儿时遭遇的不幸，却也从来没有向任何朋友倾吐苦恼。她在外面表现出很快活的样子，无忧无虑，仿佛生长于一个非常温馨、完整的家庭。当然了，每次朋友提起有关父母的话题，她总是异常沉默，朋友问到她时她也言辞闪烁。

后来，严心做了一件荒唐的事情。她编了一个有关于家庭的谎言——父母不曾离婚，他们非常恩爱，把自己捧在手心里养大。严心强迫自己相信这个故事。当她终于能自然地在朋友面前说出这个谎言时，她的内心却在大哭。

再后来，严心开始害怕想到自己的家庭，她也从没想过回家。她在心里偷偷恨着爸爸妈妈。她开始夜不能寐，白天忙了一整天，室友一躺下就能进入甜甜的梦乡，她却睁着两只眼睛，比白天还精神，直到天色全亮。一天，两天，三天……连续四天一分钟的睡眠都没有，严心慌了。她把自己埋藏了多年的"秘密"，告诉了室友。好在室友是个很善良的姑娘，没有像严心担心的那样，对她另眼相看，室友陪伴严心看了几次心理医生。不知道医生到底对严心说了什么，但从那时开始，严心渐渐变成了一个真正快乐的女孩。她喜欢上了给妈妈打电话，轻松地述说自己一天的经历；也像别的朋友一样，盼望着年假回家；在听到关于家庭、父母的话题时，严心依然不抢着加入，但也不再避讳，她终于能像朋友描述自己婚姻完美的父母一样，不带任何心理负担地描述自己的父母了……

世界上所有的伤口，都是可以治愈的。就像身体上的伤口一样，我们不可以把它藏起来。要检查它、治疗它，然后渐渐等它长好，像完全没有受过伤一样。不管在什么事情上，逃避的人永远不能真正解决问题。受伤了以后，不是不可以委屈、难过、颓废，这暂时的消极也是给痛苦做了一点缓冲。但负面的情绪千万不可持续太久，你沉迷失意久了，就会习惯，再也走不出来。不管你遭遇了什么问题，都大胆地直面它吧！你和伤痛相比，哪个更强大？当你战胜了它，你就不需要再藏起它。

2. 疗伤的第一步是闭上抱怨的嘴

受伤的人最喜欢做的事情是什么？很多人可能不知道，受伤的人疗伤也是分阶段的。一般来说，人们被伤害后的第一感觉是生气，无比愤怒。然后，非常怨恨那个伤害自己的人，特别想用更狠的手段去报复他。接着，怒气稍稍减弱时，他们又会感觉到一种悲凉，自怨自艾，怀疑自我，把一切错误归咎到自己身上。接下来的发展可能会分为两种情况：一种人会进入不停地抱怨当中，先是抱怨一切与伤害自己事件相关的人，哪怕是挨着一点点边儿的。然后是抱怨那些与事件不相关的人，比如自己的父母，"他们为什么把我教得这么软弱？不然我才不会受这窝囊气！"进而抱怨整个世界，看谁都不顺眼，尤其是看那些比自己快乐的人。这样的人的结局，就是重复上述步骤，生气、自哀、抱怨、生气、自哀、抱怨……而进入另一种情况的人呢？他们也会短暂抱怨、怨天尤人，但与上面的人不同的是，他们很快就能意识到自己在做一件非常没有意义的事情，他们明白抱怨无用，只会消磨自己的生命。于是停止抱怨，停止一切负面情绪，重新投入到新一轮的努力当中，不快乐的往事就此烟消云散。

从上面两种情绪历程中我们可以看出，一个人的情绪其实与他遭受到什么样的事情并没有绝对关系，对自我更有影响力的是处理情绪的智慧。知道自己什么时候该发泄，也清楚什么时候该停止，更重要的是有足够的自控力停止不良情绪。一个被情绪左右的人，是最愚蠢的。

很多人说："我平时控制情绪控制得挺好的，就是一到某些关键的事情上，就控制不住自己的脾气，生气也好，消极也好，就是收不回来。"说这样的话的人，其实都是控制情绪非常差劲的人。什么叫控制呢？当然是指在它有可能失控的时候，自己还能把它管住。如果件件事情都顺心，生活波澜不惊，何必需要控制情绪呢？当你真的受到不公平待遇时，当你真的被伤了心时，如果你还能管住自己，让负面情绪"止损"，那你就是真正的控制情绪高手。当你被失败所笼罩时，陷入一蹶不振的边缘，还能停止抱怨的嘴巴，你就是一个意志力非常坚强的人，也是一个非常有智慧的人。

当然了，每个人都是有情绪的动物，日常生活中的抱怨尚难以避免，何况在特殊的境况下。可是一个陷入抱怨苦海中的人，是不可能奋力游上岸的，因为抱怨花费了他太多的力气。那么如何能够有效地停止抱怨呢？我们首先来看，抱怨的本质是什么。

抱怨基本上分为两种：一是对别人的抱怨，二是对客观环境的抱怨。抱怨别人，一般情况下，表面的诱因是别人得罪了我、欺负了我，使我受到了不公平的待遇。事实已经铸成，无法改变，那就只好在嘴巴上扳回一城。于是，抱怨别人就成了让自己出气的工具。而抱怨的深层原因呢？当你开始抱怨的时候，是有一个前提的，那就是，你觉得自己站在了正确的一边，抱怨别人，让你觉得自己很强大。

　　第二种对客观环境的抱怨，是指对天气、气候、交通情况等做出的不满意的指责。所谓怨天尤人，大概也就是这两个意思了。但那些喜欢抱怨的人，无论站在了多么有道理的一边，都会让人觉得是他们自身无能并不是他们抱怨的对象弱小，而是因为他们本身无法在行动上战胜对方，只能在嘴上抱怨。

　　然而，无论你的目的是什么，抱怨都是无济于事的。它反而像毒品一样，会在不知不觉中吞噬你的生命。在我们大脑中毒的同时，我们的人生态度、行为被"抱怨"这种强烈的毒性感染，我们的意志受到不断消磨，就像可以"溃堤"的蚂蚁一样，它会把我们的精神世界打垮，使我们像陷入了泥潭一般，无法自拔。

　　葡萄牙作家费尔南多·佩索阿说："真正的景观是我们自己创造的，因为我们是它们的上帝。我对世界七大洲的任何地方既没有兴趣，也没有真正去看过。我只游历我自己的第八大洲。"在生活中，我们才是自己的上帝，我们必须靠自己的双手去创造美好的世界。远离抱怨的世界，我们才能在自己生活的原点上改变自己，发现一个全新的自己，从而改变自己的命运，收获成功的喜悦和幸福的生活。

孙伟原本是一个品学兼优的学生，有很大的希望能考上一本大学，可临门一脚出了点小意外。高考的前一天晚上，孙伟紧张得睡不着觉，眼看着指针从 12 点变成 2 点，再变成 4 点，他越来越着急，越着急就越睡不着。直到快 5 点的时候，他才迷迷糊糊睡着了。睡了不到 2 个小时，他就起床，洗漱，拿着笔袋赶往考场。可到了考场才发现，自己竟然忘了拿准考证。他急得就快哭出来了，立刻给爸爸打电话，让他打车赶紧送了过来。踩着开始考试的铃声，孙伟终于进入了考场。

这一连串的麻烦，让孙伟的心提到了嗓子眼，发了试卷以后呆坐了足足 10 分钟，才勉强让自己平静下来。这样一来，语文考试不仅没有超常发挥，就连正常水平也难以保证。孙伟也知道这一点，答题的时候心里七上八下，根本没有把心思完全放在题目上。最后考完，孙伟心里清楚，语文算是砸了。

第一场出师不利，后面几场孙伟怀着忐忑和担忧的心情也没有很好发挥。结束考试的时候，他就知道结果一定会让自己失望。

果不其然，高考成绩下来，孙伟的成绩比几次模拟考试时整整低了 160 分。一本是没希望了，二本也有点困难。他一下子就觉得天塌下来了，在高考这么大的事情上失利，自己还能把什么做成功？最后，为了保守起见，他在志愿上填了一所三本学校。然后整个暑假，他就在家里开始了消极的日子。

爸爸见他这么颓废，开始不忍心责备，后来看不下去了，准备和他谈一次。可爸爸刚开口，孙伟就开始抱怨，抱怨那天晚上天太热，自己睡不着；抱怨空调不好用，如果打开的话，自己又会觉得太冷；抱怨有两只小蚊子在身边不停地飞，扰了自己的好梦；甚至抱怨妈妈前一晚让自己吃了太多的饭，躺在床上不舒服所以睡不着……爸爸安安静静听他抱怨完，只说了一句话："如果两只小蚊子都能成为你的障碍，那你高考失利可能是个必然事件。如果你学不会找自己身上的问题，那么你就算上了一流的大学，仍然拯救不了你的灵魂。"

第二天，孙伟一改暑假里赖床的毛病，早早起来给父母做了早餐，吃完后洗了碗，拿上泳衣去游泳了。

人呢，有时要精明一点，要清楚地认识到自己在失败事件中的责任，或者说没有尽到最大努力的地方。给自己定个规矩，永远不要去抱怨除自己以外的事物，它们不会对事情有半点帮助。

人呢，有时还要糊涂一点。有时产生了一个错误，不要把责任划分得那么明确，尤其不要指责别人的错误。要知道，你已经失去的东西，抱怨一万遍也无法挽回；你尚且拥有的事物，却可能在你无休止的抱怨中再度离你而去。

3. 慢点给自己下定义，好饭总是晚上桌

我们中国人常说一句话："人贵有自知之明。"这句话是告诉我们，要对自己有清晰的了解，知道自己的优缺点，知道自己的脾气秉性、爱好特长。不过，有些人却将这里的"了解"误解成了"定义"，于是我们经常听到有人说："我这个人太粗心，不适合做太细致的工作。""我能力也就八十分，做不了一百分的事。""我就是学不会，我就是笨，你再逼我也学不会啊！"类似的话语还有很多，都是人们在给自己下定义，用一句或两句话就把自己概括，并圈了起来。

为什么我们只能了解自己，不能太早定义自己呢？很简单。你10岁那年，可能想象不到自己有一天会挣钱养活自己，但

你做到了；你 18 岁那年，或许不知道自己配得上一个非常优秀的人，后来你们相爱到老；25 岁那年，你害怕做妈妈，觉得自己不可能胜任这个职责，但后来你做了两个孩子的妈妈；30岁那年，你觉得自己一辈子都只能做个家庭主妇，职场已经回不去了，可你没想到有一天你开办了自己的工作室……

还有，那些写出了万人追捧的小说的作家，可能没几个能事先预料到自己的成功，更多的创作者在成名以前都保持着怀疑自我的心态，觉得自己写的东西烂，谁知道有一天大家都知道了自己的名字，高喊着说喜欢读自己写的东西；那些唱出了亿万人心声的歌手，想必最初更多的是喜欢音乐、喜欢唱歌，怀着一份热爱而引吭高歌，没能料到自己有一天也会出现在华语乐坛的一角，被很多人所喜爱，歌迷们还花钱来听自己唱歌；那些发明了改变世界的科技产品的人，又有谁在成功之前，确定自己的想法很棒、研发一定会成功呢？当有一天成果赫然出现在世人面前，被世人赞叹，也许他们自己也被吓了一跳。

我们应该且必须了解自己是个什么样的人，擅长做什么事，通过什么样的练习和努力更容易获得成果。但直到我们退休以前，到我们年老时回顾人生，我们都不该给自己下定义。下定义，就意味着我们给自己划定了一个范围，认为自己的能力"到此为止"，不可能再有突破。这个结论并不可怕，可怕的是，人受自己的潜意识暗示太过严重，那些语言上的束缚会变成潜意识中的条条框框，指导我们的行为。比如，当你看到那些对自己来说有点难的挑战，如果努力一试说不定可以成功，但潜意识却告诉你："你不行，这不在你的能力范围内，不用浪费时间试了。"好了，你听了潜意识的话，今天从这个挑战旁边走开，以后见了类似的挑战也都会走开。那么你就真的成了自己"定义"中的样子。

你可能会问："不就是不给自己'下定义'嘛！这很简单！可这就够了吗？我还是不知道怎样提高自己的潜力。与'下定义'相对应的，有没有什么提高能力的技巧？"是的，我们每个人都想提高自己的潜力，以便用更短的时间做出更高质量的事情。有人说："人的潜力是无限的"，这不一定准确，人的能力范围还是有一个度的，毕竟人类也有力所不能及的地方，且很多是不可改变的。那么，怎样在可行的范围内，不断地突破自我呢？下面一个小故事也许能给我们一些启发。

有一位钢琴教师，经他手教出来的学生，个个都是顶尖高手。很多人都感到很奇怪，同样是教钢琴，为什么这个老师总是那么厉害呢？难道他有什么秘诀吗？

为了一探究竟，一位音乐系的学生走进了这个老师的练习室。刚开始，这个老师也是平常的教育，教给学生一些基本要领。3个月过去了，一天，钢琴上摆放了一份全新的乐谱——"超高难度"。学生翻动着，喃喃自语，感觉自己对弹奏钢琴的信心似乎跌到谷底，消磨殆尽。已经3个月了，他不知道为什么教授要以这种方式整人？"试试看吧！"老师说。乐谱难度颇高，学生弹得生涩僵滞、错误百出。"还不熟，回去好好练习！"老师在下课时，如此叮嘱学生。

学生练了一个星期，第二周上课时，没想到教授又给了他一份难度更高的乐谱，"试试看吧！"上星期的功课教授提也没提。学生再次挣扎于更高难度的技巧挑战。第三周，更难的乐谱又出现了，同样的情形持续着。学生每次在课堂上都在挑战一份新的乐谱，然后把它带回去练习，接着再回到课堂上，重新面对难上两倍的乐谱，无论怎样都追不上进度，一点也没有因为上周的练习而有驾轻就熟的感觉，学生感到愈来愈不安、沮丧及气馁。

教授走进练习室，这个学生再也忍不住了，他必须问钢琴教师这个3个月来为何不断折磨自己。教授没开口，他抽出了最早的第一份乐谱，交给学生。"弹奏吧！"他以坚定的眼神望着学生。不可思议的事情发生了，连学生自己都惊讶万分，他居然可以将这首曲子弹奏得如此美妙、如此精湛！教授又让学生试了第二堂课的乐谱，学生仍然有较高水平的表现。演奏结束，学生怔怔地看着老师，说不出话来。"如果我任由你表现最擅长的部分，可能你还在练习最早的那份乐谱，不可能有现在这样的表现。"教授缓缓地说。现在，这位学生终于明白了，这个老师之所以钢琴教得好，完全在于他善于挖掘别人的潜力。

不禁想到上学的时候，老师为了训练我们的做题能力，也总是找一些比实际考试难度还要高的题目来考我们。有时我们也很不解老师为什么要这样做，但事实表明，当我们对着高难度的题冥思苦想以后，再去做平常难度的题，真的会有意想不到的轻松之感。这就是为什么我们总被父母和老师告知，要做那些比自己现有能力稍微高一些的事情，而不要做那些你已经能做到的事情。

慢点给自己下定义，却可以早点为自己做计划。每个月给自己制定一个稍稍高于前一个月的目标或者为工作增加一级难度，并督促自己完成，不要以各种事由为借口。工作再忙的人也会有属于自己的时间，如果你尽了力仍然完不成计划，那就说明你的计划制定得有些问题。

日本有一个女人，她的职业是写作。很多人觉得这样的女人没有时间生孩子和照顾家庭。但神奇的是，她在 7 年内生了 3 个健康可爱的宝宝，并且没有中断自己的写作。更加神奇的是，她的 3 个宝宝都是由夫妻两人带的，没有托付给哪个老人。更更神奇的是，这7年她除了带孩子、写作，还成立了一个私人画室……看到这里，你说一个人的潜力有多大呢？所以，不要再给自己找借口，不要再说没时间，只要你想做，时间永远不是问题。

当然了，如果一下子把结婚、生子、晋升、发展一项爱好这几个命题同时摆在面前，你一定会感觉到巨大的压力并且有逃避的欲望。从简单的开始，一件一件慢慢做起来吧！当你真的坚持下来时，你会发现它们并不是什么"压力"，而是自己所喜爱的、能够丰富自己的美好事物。若干年后，你再给努力过的、无愧于心的自己"下定义"，是不是会更加满足呢？

4. 你可能不是受害者，而是"凶手"

当你看到社会新闻上登出一则消息，或者听到朋友身上发生这样一件事：男人婚内出轨，妻子伤心离婚。你的第一感觉会想到什么？想必大多人都会骂男人不负责任、拈花惹草，同情女人无辜被伤害。是的，社会价值观、婚姻观，让我们一定会有这样的感受。但是，对于类似的事件，暂时抛开男人的不当行为不说，这里面的女人是不是就没有任何责任呢？当然，前提是不管女人有什么错，男人出轨的应对方式都不对。我们不妨暂且站在男人角度，理一理生活中这些"一边倒"的事件。

在很多婚内男人或女人出轨的事件中，除了个别人"生性风流"之外，大多数人其实都是在第三者身上找寻在家庭中缺失的一些安慰，或者是躲避家庭中的一些压力。那些出轨的人，似乎在家中都遭受着差不多的待遇：另一半是工作狂，没有家庭责任感；另一半是比较自私的人，从不关心我只关心他自己；另一半是脾气暴躁的人，我在家里常常受到不平等的待遇；另一半性格怪异，不是对我冷嘲热讽，就是喜欢使用冷暴力，家里的气氛让我害怕；另一半嫌弃我挣钱少，每天夸奖别人家老公（妻子）；另一半是颜控，每天不是在和颜值高的异性眉来眼去，就是讥讽我貌丑；另一半心机重，怀疑病，每天不是打电话监视我，就是亲自跟踪；另一半对自己家人好得很，对我家人刻薄寡恩……几乎在每一个出现"状况"的家庭里，其实都早已出现了问题。这些问题没有得到妥善解决，一直堆积，最终导致了其中一方的错误行径。

当然，出轨是不可原谅的，上述原因也不能构成出轨的理由。但上面那些分析是为了给我们提供一种思路，要知道，你自以为在某个事件里受了伤害，先别急着哭诉和控诉对方，回想一下，你是不是也是导致如今罪恶局面的"凶手"？同样，不仅在婚姻生活中，在职场中、人际交往圈中，这个道理都相通。

一个妻子每天都向邻居抱怨自己的丈夫，而几乎每次的抱怨里都会说这样一段话："他呀，论聪明才智，最多算个中等，有时候感觉他在家里不是出谋划策、指点江山的大男人，反而像一个跟班小弟，对长辈唯唯诺诺，没有主见，什么事还都得我替他想主意。论家务，人家都说，现在流行什么'经济适用男'，虽然挣不了大钱，也没什么魄力，但特别顾家，在家里干起活来跟女人一样，特别麻利。可我们家那个，我让他去找个垃圾袋，他都得问半天，好像那就不是他的家一样。论对我好吧，就更别提了。别人家的男人，起码老婆生日、结婚纪念日，会浪漫一把，带女人出去吃个饭，看场电影什么的。他呢，我一提这事，他就说，'钱都在你那里，你想要什么自己去买呗'……哎，日子过得清汤寡水，跟这么个男人一起生活，没意思。"

有时候，她正在跟邻居抱怨，她丈夫会过来叫她吃饭。邻居就趁机对她说："这年头给老婆做饭的男人可不多啊！你们家这个够好的了！"女人也不在乎丈夫就在身边，张口就回一句："没本事的男人才在家做饭呢，有本事的天天带老婆到外面吃大餐。"

在她不断地冷嘲热讽中，日子像一潭死水一样过着。突然有一天，她发现了一件令她发狂的事情——丈夫有了外遇。她气急败坏，跟丈夫大闹了三天三夜，每拷问丈夫一次，她就知道更多令自己抓狂的事情：丈夫有外遇已经两年半了，他每天下班会先去情人那里待一会儿，然后再回家。他最近两年总说公司发的奖金越来越少，其实都是拿去给情人买了礼物。女人接受不了眼前的现实，几乎崩溃。她万念俱灰，跟丈夫离了婚。

丈夫净身出户，她留在原地疗伤过生活。对于她来说，一切都变了，但有一点仍旧没有改变——她每天还是会到邻居那里哭诉，以前是抱怨丈夫不够好，现在是历数丈夫的每一项罪行。有一天，她又要开始诉苦时，邻居静静说了一句："在这个'伤害案'里，难道你不是凶手吗？"她怔住了，一句话也说不出来。沉默了很久，她缓缓地说："在离婚的第一周里，我就想明白了这件事情，我的确是杀死我们婚姻的凶手。"

婚姻，爱情，友谊，人生的每一部分都有它非常复杂的脉络，人永远不会绝对被谁辜负，在每一段没有结局的残破关系里，都需要有人为它的发生负责任。而现实的残酷也恰恰在于，那个真正的"凶手"，有时是那个看上去被伤害的人。

2012 年大热的古装电视剧《甄嬛传》，是一部非常出色的电视剧。里面每个人物都有自己的个性，有各自从青涩到成熟、再到衰亡的深刻原因。那个像小鸟一样会唱歌的安陵容，就是一个典型的做了凶手，先伤害别人，最后伤害了自己的人。无论她走出的哪一步，都违背了一个好姐妹该守的情义。她敏感多思，心思极窄，总是从一件很小的事情中就得出别人负了她的结论。她自身狠毒、阴险的天性，加上她妄想出的别人对自己的"迫害"，导致她一步步成了一个背弃姐妹、被人利用却又害人无数的狠角色。试想，如果她没有"妄想症"，在和甄嬛、沈眉庄的相处中，能够多反思自己，相信别人，就不会一意孤行，觉得所有人都对不住自己，当然也就不会有最后凄惨的下场。她的结局，是由她自己一手造成的。

在这个世界上，有很多人会通过伤害别人来成就自己。网络的发达，能把每一个悲惨的故事快速传达到世界的每一个角落。或许我们生活在一个被负面消息淹没的世界。但不管这世间有多少丑恶，我们依然要相信世间有美好存在。最起码，我们要相信自己身边亲近的人，不要因为某个小节就把一份情谊全盘否定。恨和怨会牵着人的身体，走向万劫不复的深渊。

当我们和别人产生矛盾，或者说在职场中、生活中觉得自己受了屈辱，先不要急着报复和怨恨，平心静气地把整件事情在心中过一遍，过的目的是检讨自己哪里做得不好，并考虑这个失误会不会引起对方的不满。如果你愿意这样想，愿意换位思考，那么世间就不会有那么多的失望和生气。

换个角度想，这也是在提醒我们，要时刻对自己的行为保持谨慎的态度，别伤害了别人还不自觉。和别人相处，要尽量宽容一些。当你感觉到自己的某些行为令别人感到不舒服时，不要因为事情小就不在意。所谓"勿以恶小而为之"，恶性再小，时间久了、次数多了，也会引起不小的波澜。不妨学着经常换位思考。把自己对别人的态度，假想成别人对自己的态度，看自己在受到同等待遇的时候，心里的感受是怎样的。为什么换位很重要？因为很多时候，我们觉得自己是为别人好，行为上却令人感到不悦，比如以爱的名义控制别人，就是这种行为的典型。你应该成为他人生命中一道美丽的风景线，而不是一个压力来源。要记得，有一天别人突然对你发难，可能你才是始作俑者。

5. 定期清除负能量，你才能轻装上阵

最近，微信朋友圈开始流行一种手机协同记步的运动风尚，今天你走了多少步？看我又比你走得多，似乎多出的那很多步让人这么地心生满足和愉悦。它既是一种风潮，也是一种健康的运动方式，摆脱臃肿的身材，摆脱日渐衰弱的体质，加入到运动新风尚里，不但不被人说落伍，也能给自己增加满满的正能量，让身边的人也日渐地重视起锻炼身体、维持健康。很多上班族开始由坐公交变成走一站地的路，坐地铁变成走两站地的路，越走越意气风发，越走越斗志昂扬，越来越多的步伐让他们走出了阴霾的心情，走出了生活的信心，也更加充满热情地投入到工作当中去。

曾经看到过这样一个故事。一位妈妈要清洗一家三口的脏衣服，她已经嘱咐好丈夫把衣服和裤子的兜都要掏干净，正当她要习惯性地再去伸手掏兜检查的时候，孩子的捣乱让她没有做成这项检查，待安顿好孩子后，她就将所有的衣裤一股脑儿地投入到了洗衣机中。当洗好后，正要晾晒的时候，丈夫过来了，询问她兜里的收款收据拿出来了没有，这时候妻子才翻兜找到了那个被磨碎的收据，已经白得无法辨认了。妻子不乐意地对丈夫说："不是叫你要把兜掏干净吗？"丈夫不以为然，反问道："你怎么就不能再检查检查呢？"妻子当即生气起来，和丈夫爆发了激烈的争吵，不顾旁边的女儿在痛哭流涕。第二天上学的路上，妻子想起来还有一本孩子的作业本没有装，就急忙往家赶，没想到竟忘记了带钥匙，就赶紧给丈夫挂了电话。丈夫也没迟疑，立即回到家中开了门，但是在上班的路上碰到了严重的堵车，导致迟到了，挨了领导的批评，本月的全勤奖也泡汤了。女儿因为一晚没睡好，第二天在参加朗诵比赛时发挥失常没有取得本来应该拿的名次。看完这个故事，大家是不是似曾相识，生活中经常充斥着这样的画面，一句话可以解决的事情却牵扯出后续的一大堆问题，其实丈夫本可以说一句："没关系，我去再开一张。"就可以了，但是偏偏说了那句让人心生不忿的话，导致了后面的一系列麻烦事情的发生。可能当天丈夫也是受了开票据人的委屈，好不容易取得的票据就这样被洗烂了，他的负面情绪顿时就发作了。没想到，不仅影响到了妻子和女儿，最后还连累了自己。

每个人在生活中都会不可避免地与别人发生摩擦甚至矛盾，即使一句简单的话，也会激起自己内心很大的不满，从而又给其他人带去更大的麻烦和伤害，这种能量就是负能量。就像垃圾人一样，你在路上行车碰到一个总是乱并道不打转向灯的司机，他肯定是身上满满的负能量，无处发泄，只能就以这样的行车方式来宣泄。在此情况下，高情商的人们是不必理会的，他的负能量已然影响到了他人，但是一旦与他接触，将会给自己带来麻烦，对于对方还没有实质性的帮助。对于自己的负能量，在它还没有形成规模的时候就需清除。否则，害人害己。不开心的事情每天都会有，不顺利的事情也时刻都在发生，彼此的心中会留有这样或那样的芥蒂和不满，但是你的负能量给身边人造成了伤害，让自己也愈发沉沦其中，百害而无一利。没人应该对你的负能量负责，每个人都应该对自己的行为负责，负能量满满，自己内心也十分沉重，精神不高，情绪低落，做事更容易出错，工作完成质量严重下降，接连导致领导的申斥、同事的不满、家人的痛苦，是极为厉害的人际关系"腐蚀剂"。

这种负面情绪极易导致"蝴蝶效应"。单位里领导安排的工作是那么繁重和琐碎，到了该下班时间大家都走光了，而自己却还在埋头加班，只因为领导的一时突发奇想就要做各种不同的报表和文件，这种事情让每个人都大为恼火，但是，又只能憋在心里，敢怒不敢言。完成了工作之后，终于可以下班回家了，到家里一看，淘气的孩子把所有的玩具都从仓房里翻了出来，在屋子里、床上、沙发上进行各种涂鸦，昨天才收拾好的成果就这样被毁之殆尽。试问，在这样的情况下，你是否已经是怒火中烧，强压不住了呢？最后，孩子是不是就成了你所有怒气的宣泄口了呢？相信很多家长会这样做。其实，这样的结果恰恰是自己没有在下班之前清除自己的负能量，反而压抑在自己的心里，恰巧出现了导火索，便一发不可收拾。由此而导致所有人都不愿意看到的结果，过后，又不断地悔恨不该如此。

　　说着容易做起来难，负能量的积累是一点一滴的，但是要清除得不留一丝痕迹却不容易。不妨试试转移视线。就像是你看中了一款手机，但是发现自己囊中羞涩、负担不起，但是又甚是喜欢，购买的欲望十分地强烈，经打听可以买到其他途径收货的手机，但是最后的却是被人骗得钱机两失。这时，各种的惭愧、懊悔都无济于事，但是负能量却始终占据在心头久久不能散去。身边的亲人表示理解，不予追究；共事的好朋友们也是争相劝解，但是你却认为他们是在看笑话、站着说话不腰疼。领导过来安排一项工作，原本以前就是自己负责的这项工作，此时却觉得怎么这么倒霉，这个工作又来找我，所以口气比以前生硬，脸色比以前难看，但是自己却全然不知。领导看在了眼里，他没有时间也没有义务来消化你的负能量，所以你的工作成果无论做得好不好都已经被大打折扣，这就是负能量积聚到一定程度的结果。

　　其实，这只是自己的一次失败的购买经历，与他人无关。别人劝慰你完全是出于本心与善良，你要心存感激。至于自己的悲痛体验，只能自己慢慢消化，转移情绪。每个人都没有义务为别人的错误买单，更何况是无偿地帮助你走出负能量。所以说，一件事情的发生引起了一个坏的结果，要在当时就将这个结果进行剖析和化解，不要等到情绪越积越糟的时候，它已经会产生特别大的破坏力了，挽救之后的效果也会不尽如人意。今天车辆和别人剐蹭了一点，就要记住下次开车要更加小心，而不是一心想着那个司机的技术如何不好；今天领导说了我一项工作做得不到位，就要记住下次的工作要全面尽职尽责，而不是一心只记得领导专门找自己的毛病；今天和家人发生了争吵，就要记住晚上下班的时候要回去和家人说个对不起，愉快地一起准备晚餐，而不是一心想着家人怎么不先向我认错。和别人争执其实就是跟自己过不去，应当特别在意的不是别人的错处，而是自己处理得怎么这么糟糕。

定期清除负能量，让自己变得轻松自如，做起工作来也得心应手，在领导眼中是优秀员工，在家人眼里是体贴的亲人，最为重要的是做任何事情都是那么精神饱满、斗志昂扬。在这许许多多平凡的日子里，我们能够感受到的最为真挚的幸福就是给别人带来的愉悦和享受，而那一刻，我们也是惬意的。

静下来感受，幸福的香味很轻很轻

　　我们都知道，一瓶好香水，它的香味是历久弥香的。当你喷上它之后，你可能过一会儿就闻不到了。但经过你身边的人，却都能闻到你身上的淡淡清香。其实，生活就像一瓶品质上佳的香水。它并不是每时每刻都能让我们感受到明显的幸福，但不可否认，幸福一直都在。优秀的生活者，是一个能静下心来时刻感受到生活之香的人。

1. 感知能力最强的人是最幸福的人

我们每个人都"身在福中不知福"。为什么这么说？因为好像人的适应能力太强了。每当你多拥有一样东西，也许最开始你会觉得新鲜、快乐，你很快就会"适应"它，觉得它是属于自己的一部分，是理所应当的，那股新鲜和快乐的感觉也会就此消失。而人的欲望也是无限制的，拥有的东西很快变成自然，变得不再珍惜和渴望，那些暂时还没得到的东西就成了珍宝。张爱玲的小说《红玫瑰与白玫瑰》里面的这样一段话成了经典："娶了红玫瑰，久而久之，红的成了墙上的一抹蚊子血，白的还是'床前明月光'；娶了白玫瑰，白的便是衣服上的一粒饭粘子，红的却是心口上的一颗朱砂痣。"这段描写爱情的句子，道理或许不只在爱情中，它已经变成一种哲理，放在所有情感与欲望中都恰如其分。陈奕迅的一首歌也是根据这段描写改编的，他无数次唱着这样的词："得不到的永远在骚动，被偏爱的却有恃无恐。"人就是这样一种动物，得不到的永远是最好的，而已经握在手心里的却已不稀罕，觉得那可有可无。

人生的一切不如意，其实都是因为人的这种"喜新厌旧"。因为所拥有的一切都无法取悦自己，偏偏固执于那些得不到的，得不到又会难过失望。

佛说，人一切痛苦的根源都是无穷无尽的欲望。佛经上将我们生存的这个世界称之为"欲界"，欲界的显著特征就在一个"欲"字上。那么，何为欲呢？欲就是生命内在的希求。世界上的一切生命体都存在着这样或那样的欲望。这是人贪婪的本性，也是人不快乐的根源。

唐朝著名的文学家柳宗元在《柳河东集》中写过一个寓言《蝜蝂传》，揭示了欲望过多，必定会遭受无限苦果的道理：

蝜蝂形体比蜗牛要小，自己没有壳，是一种天生喜爱背东西的小黑虫子。它在爬行时不管遇到什么东西，如吃剩下的食物或沙粒、草叶等杂物，总是抓取过来放在背上，继续前行。于是，东西愈压愈重，即使非常疲惫它也不会放弃。它的背很粗糙，因而东西堆上去不会散落。有时候背上的东西太重，越积越沉即使疲劳到了极点，也不肯放下，两只后腿就搂着背上的东西，走路时一摇一晃的，自己被累得半死。

有一天，它在爬行的路上发现了蜗牛的壳，觉得可以用来作为自己的房子，以后不用担心风吹日晒了，就背在了背上。

爬了没多远，又发现一个更大、更漂亮的蜗牛壳，它想要这个，又舍不得丢下原来的，怎么办呢？那就两个一块背着吧！但两个背起来又很费力，于是它就用了很多唾液、鼻涕、眼泪黏合在了一起，继续走路。没走出多远，又看到一个更好的，又舍不得喜新厌旧，干脆又用眼泪、唾液将它黏合在一起，继续前进，如此一来它被累得上气不接下气。

有人见它如此辛苦的样子，心生怜悯，就替它去掉背上的东西。可是蝜蝂如果能爬行，又把东西像原先一样抓取过来背上。这种小虫又喜欢往高处爬，用尽了它的力气也不肯停下来，导致跌倒，最后摔死在地上。

欲望，在你没得到它的时候，它是海市蜃楼，是一个美丽的梦；当你得到之后，你会发现它也许是座山，你所得到的欲望越多，压力也就越大。在你原本的想象中，似乎身上拥有的东西越多，就越富有、越幸福，到头来呢，却把自己弄得不堪重负、身心俱疲。这时候，你已经把自己弄得一塌糊涂，怎么还能谈得上幸福呢？这时你才恍然大悟，知道简单才是福，可你想回到过去，却是没那么容易了。

不知从什么时候开始——或许从人类诞生的那一刻起，我们心中就扎根而生一个错误观念，好像拥有得越多的人，就越能显得他强大、了不起。但拥有很多的人，同样也会被很多东西所束、所累。实际上，这样的人是很不幸的。有个成语叫"无欲则刚"，或许这才是人间至真至纯的真理。又或者，你是一个能够感知当下自己所拥有幸福的人，也就是你有什么你就觉得什么是幸福，其他的不觊觎，也不奢求。只要拥有这一个念头，你就能变身为"最幸福的人"，这是不是也是一种非凡的智慧？

　　你拥有一对非常平凡的父母，你认为是再平常不过的事情，无须高兴。但你有没有看到过朋友的父母，甚至名人的父母，是怎样的一种状况？你可能有朋友在幼年时就失去父母，颠沛流离、寄人篱下地长大；你可能有朋友刚刚工作、结婚，或者刚有宝宝，马上要开启人生幸福篇章时，父母得了重病，家里立刻陷入一片愁云，每天医院离不开人伺候，家里一片狼藉没时间打理。那些明星看着光彩照人，背后是不是也有家庭波折的辛酸？据说在影视圈有非常高地位的蔡建芬，其母是一个好赌之徒，经常欠下巨款，不断给家里带来麻烦。你或许也有一个朋友，他的父母也是"不省心"的角色，把家里折腾得人仰马翻。电视剧《我爱男保姆》中雷佳音饰演的主人公方原就有一个把家庭陷入灾难之中的爸爸。他的爸爸是个"股迷"，每天没什么正事，只泡在证券交易所炒股。不光把家里的钱都赔光了，还欠了不少外债。他还不清就躲起来，债主经常到家里砸玻璃，叫嚣、威胁还钱。方原和妈妈每天生活在心惊胆战中，妈妈还因为这件事生病去世了。爸爸的所作所为伤透了方原的心，导致他数年不和爸爸联系，还要和他断绝父子关系。

中国人说，家有一老如有一宝，何况还是有两个"宝"的人。我们也说，父母不生病就是儿女最大的福气。当你拥有一对健康的父母牵挂你、关心你，当你累的时候可以在他们面前做回小孩子，这是多么大的福气？

当你有一个普通得不能再普通的伴侣时，你也是拥有了巨大的财富。"普通人"这三个字代表着什么？有普通的工作却辛勤，不是天仙下凡却顾家，不拜金、不赌博、不背叛伴侣、不招惹是非、不杀人放火，这样一看你又比多少人幸福？对于一个家庭来说，平平淡淡才是真，没有比这更幸福的状态了。

你有三五好友，平时一起玩闹，有需要时互相帮衬；你有一份工作，虽挣钱不多，却也没有巨大的压力，使你还有心情和闲暇做自己喜欢的事情；你无病无灾，又比那些生来体质弱或年轻时就生了大病的人幸运多少？

　　自由和健康，家人和工作，这些再普通不过，你曾经不以为有什么了不起的东西，其实都是这世间最大的财富。你以前不曾感觉到，你很少回家看望父母，连个电话都懒得打；你有时出差一个月也不会关心自己的爱人在家如何、有没有身体不适；你把婚姻叫作"围城"，你觉得自己落入不幸；你羡慕那些潇洒生活的人，没有压力和烦恼，甚至没几个家人，泡吧、旅游、花掉所有的积蓄，但你没有见过他们心中的无奈，你不知道他们有多羡慕你。或许你可以把自己拥有的东西写下来，你会发现，你原本以为自己一无所有，但你却拥有世界上最纯真、最完美的幸福。

2. 先温暖自己，再照亮别人

一个乐于付出的人是伟大的。但并不是所有乐于付出的人都是聪明的，也不是所有的付出行为都是理智和正确的。一个人最先要把养料供给自己，而不是在自己还得不到满足的时候就把能量给别人。那句代表自私、罪恶的话——"人不为己天诛地灭"，或许我们能从中找出一点道理来，作为自己的座右铭之一。也许你觉得这些话是不可理喻的疯话，但看完下面的这个故事，相信你会有所改观。

天津卫视热播的大型情感节目《爱情保卫战》，是一个为恋爱、婚姻中遇到难题的情侣解决矛盾的节目。其中有一期的男女嘉宾是这样的情况：男生和女生在一次聚会上认识，成为恋人。一年后在男生的建议下两人一起到北京生活。最初的两年里，男生一直在为出国留学做准备，没有找正式工作，只是有时打打零工。两人的生活来源都靠女生。2006 年，男生被美国一所知名大学录取，开始了海外生活。女生则留在国内辛苦打工，为男生挣生活费。女生来自农村，家里有 5 个兄弟姐妹，爸爸收入很低，妈妈身体不好，作为长女的她一直肩负着一部分养家的责任，再加上要给国外的男朋友寄钱，她的生活过得特别紧张，住地下室，一天只吃一顿饭。后来由于营养不够、居住环境太潮湿，她得了好几种病。但每每想到心中有一个爱她的男友，她还是挺了过来，等待着男友回国。2008 年，男友从美国回来，和她再次相处，发觉她不仅身体特别差，还性情大变，总是向他吵闹。他忍受不了的时候提出分手，女生竟然选择了自杀。幸运的是，她没有被死神带走，被救了回来。但男生的心却不在她身上了，即使她怀孕，为他打了胎，还因为他的态度得了抑郁症，但他始终觉得自己已经和她是两个世界的人，不可能再回到从前。女生一心想着结婚，他却想着赶快分手……

这个节目一播出，男人就成了被大家谩骂的对象，负心汉、陈世美、白眼狼、忘恩负义、道德低下，是大家对这个男人的全部评判。舆论一边倒，恨不得用口水把这个男人骂死。是的，这个男人的确在道德上犯了错误。但是，静下心来想一想，这个男人的错误归根结底是什么？错在不爱这个女人、不要曾经帮助过自己的女人？可两个曾经相爱的人，一个人有一天发现自己不爱对方了，真是一件罪大恶极的事情吗？的确，女人曾经给过男人很多帮助，但相信每个爱情观正确的人都知道一个道理：爱并不是感动，也不是你得到多少帮助就要回馈多少爱。换作任何人，即使在行为上不离开这个女人，但心中的爱谁又能控制？一个原本温柔如水的女人，变得抱怨连天，半分都不懂得疼爱自己，搞坏了自己的身体，把自己的精神也变得神经兮兮。哪怕是她为自己付出了所有，谁又能保证能控制住自己的爱，一如从前地爱这个早就面目全非的女人呢？法律没有规定得到帮助的一方不可以分手或离婚，更没有规定不可以不爱一个帮助过自己的人。因为爱情这个东西，就算不讲究门当户对，也要讲究两情相悦。这个男人并不是在受助于女人期间要分手，也不代表他是个要蓄意骗取女人帮助的坏人。这个男人是该骂，或许该骂他的恋爱道德比较差，或许该让他在分手的时候偿还女人的经济付出，甚至加倍偿还，但想必我们没有一个人能强迫他继续爱这个女人。

试想一下，一个我们曾经深爱的人，变得暴戾乖张，打骂自己是常事，还动不动要自杀。我们不敢保证自己的爱不会被消磨殆尽。也许这话比较残酷，但我们必须说，上述这个女人，是自己一步步把自己逼进了坟墓。她如果能聪明一点，就该知道爱情也是需要营养的，这个营养绝不是她给男友寄的钱，而是保持自己在爱情中的吸引力。在这个世界里，亲情尚没有保证书，反目成仇的亲人也会绝交，更何况是娇嫩的爱情？这个女人的付出的确伟大，但她的不聪明也造就了她最后的错误，如果她肯每月多在自己身上花几百元钱，第一把身体照顾好，第二把自己的精神充实好，从精神上了解男友在国外真实的生活，甚至每一个生活细节，知道男友的关注点和变化，才可以说跟得上男友的变化，不至于落后太远。又或者说，这个女人在男友出国后可以回到自己家里去住，首先她就不用住地下室，也可以更方便地照顾家人，也同样可以挣钱帮衬家人和男友。住地下室、不吃不穿，并不是她帮助家人和男友的必要条件。

主持人也在现场问她："这是不是你自己要付出的？没有人逼你？"女人回答："是。"也就是说，女人自己把自己推进了一个深不见底的深渊。她是个智商正常的成年人，她一定懂得，长期住地下室会对人体造成的伤害，长期营养不良对人体会造成的不可逆转的伤害，尤其是对一个还未生育的女人的伤害。我们做一个自私的假想：哪怕女人没有给男人提供那些生活费（节目中讲得很清楚，女人并没有担负男人所有的费用，只是在最初几个月寄给男人一些生活费），也没有以牺牲自己的身心健康为代价帮助家人（不是完全不帮助），那在男友回国之后，对她的态度，起码不会像现在一样，失望、害怕、想逃又不敢逃。

世间有多少人（男人女人都有），也做了像上面那个女人一样的傻事。这几年，越来越多的作家、情感专家表示，世界上最傻的女人就是把所有的爱、关注和物质都给了男人。男人在外面越来越光鲜亮丽，而自己在家慢慢变成"黄脸婆"。浇灌出一个哪个女人见了都喜欢的好男人，自己却容颜衰老，变得越来越爱抱怨，不招老公喜欢，也惹孩子讨厌。最终所有的一切，都成为别人的嫁衣。

3. 爱要慢慢给，你才永远被期待

在当年风靡大街小巷的电视剧《还珠格格》中，尔康深深爱上紫薇时，是因为她貌美如花、心地善良。后来，尔康惊喜地发现，紫薇的才华横溢常常给人带来意想不到的才学惊喜，他更加确定了对紫薇的爱。随着相处的加深，尔康又发现一个"秘密"，紫薇的琴弹得精美绝伦。这时，他不禁握着紫薇的手，怜惜又爱慕地说："你究竟还有多少我不知道的事情。"

《甄嬛传》里，温宜公主过生日，皇上摆了家宴庆祝。中间大家玩起了小游戏，提议让甄嬛跳舞，皇上不知道甄嬛会不会跳，让她跳吧，心里没谱，怕弄砸了；不让她跳，在几个兄弟面前还没有面子。后来甄嬛跳得美轮美奂，大家心服口服，

皇上挣足了面子，也饱了眼福，盯着穿舞裙的甄嬛慢慢地说："你还有多少惊喜，是朕不知道的。"

这两个电视剧中的女主角，都会"深藏不露"这一招，有机会就露一手，把自己爱的男人迷得五迷三道。不知道是谁说过这样一句话："一个女人的魅力，在于她是个谜，而不在于她慷慨陈词。"一句话就把人们当下的心理概括了出来——人的本性中都有猎奇心理，喜欢慢慢探索、发现某些事物，而对那些一目了然的事情没什么兴趣。当然了，对象不限于女人，男人也一样；也不限于爱情关系，友情、亲情，也都一样。

当你结交一个新的朋友时，不要把自己的心事、秘密很快告诉他。这只能让他轻视你，因为你的秘密是如此不值钱。对于那些相识不长的人来说，话最好只说三分。你的快乐也好，悲伤也好，除了你没有第二个人会当作自己的事情一样在乎，所以你把自己完全剖析给别人看，大部分人会在茶余饭后当笑料谈谈，小部分人根本就不会记住这件事情。感觉这种东西，埋藏在心底比说出来要有价值得多。

反过来，如果你像紫薇、甄嬛一样，有好多才华，那就更不要逢人就提，也不要在认识一个人不久的时候就全说出来。这样除了让对方感觉到你喜欢炫耀自己之外，不会有其他的效果。即使不觉得你在炫耀，因为你提前的"预告"给对方产生了一定的高期望，所以对方在真的见识到你运用自己的才华做事时，难免会觉得你言过其实。因此，不管怎样，都不如不在行动之前把自己拥有的才华用语言表达出来。这样，当你在适当的时候，把自己的才能以必要的方式表现出来，才能给身边的人最大的惊喜。这时不会有人觉得你刻意炫耀，反而会赞赏你谦虚、沉稳。

试想，假如你是一个女孩，有一天结婚进入了新家庭，要想表示对老公家人的友善，和他们处好关系，时不时地给他们买个小礼物，或者做做家常饭，比一次性请他们吃一顿大餐要好得多。一次大餐，只能代表你和大家开始相处时的见面礼。而长期的"小惊喜"，则是代表你对大家持续的关心。作为长辈来说，一定更加享受后者，也会因为你不间断的"示好"而对你印象更佳。

如果你即将要和一个带孩子的异性重组一个家庭，而作为继父或继母的你，就算花大价钱给对方的孩子买一个昂贵的玩具，或者花很多钱带他出国旅行一次，也不见得能够跟他一次性建立深厚的感情。假如你在这次"大手笔"后，在物质上表现出对孩子的冷落，不仅孩子和你的关系会冷却，你的再婚伴侣也会因此对你产生不好的想法。反过来呢，如果你能把钱用在往后的相处里，进行几个周末的郊区"亲子游"，带孩子去逛几次街，或者在孩子想要一件东西的时候慷慨解囊，又或者经常性给他买一些喜欢吃的食物，又或者在他和同学出去玩的时候多塞上一点钱……把一块大饼切成小块，不定时地送出去，不管是受益的孩子还是在旁边观看的伴侣，都会被你不间断的关心所打动，跟你的关系会更加融洽。要知道，对于孩子来说，一次的物质说明不了太大问题。他更需要的是一份不缺席的关心，即使这份关心来自于继母或继父，但当孩子持续感受到关爱时，他的心也会和你渐渐依偎在一起。

在这个社会，人们不会因为你一次"大好特好"而感激，但一定会被细水长流的关注、温暖所打败。因为我们要给别人一次惊喜太简单，而要做到长时间的帮助却是很难。中国有句话叫"救急不救穷"，但如果你的某个朋友或亲人，就是在一段比较长的时间内陷入困境，难道所有人都会不闻不问吗？或者所有人都只帮助一次，以后就任其自生自灭？如果你能拿出十万元去帮助别人，如果对方不是一次性需要，那就不要一次性给他。分十次给，每次给一万，要比一次性给的方式对彼此更有好处。这不是耍心机，而是明智的做法。一次性给太多，对方觉得从你这里很容易借到钱，并且是大数目，那么这种做法就会对他产生某种暗示："下次我再找他借，应该还能借出这么多。"那么，结果是什么呢？朋友花钱没有顾忌，很快可能就会借第二次。这时如果借给他，那你就要承担很大的风险；如果不借，朋友会觉得你有钱却不帮他，觉得你很冷漠。无论是哪种结果，都不利于你和他之间关系的维持和发展。

如果你第一次先借给他一万，会有怎样的结果？朋友或许会想："大家的经济都很紧张啊，谁的钱都不是大风刮来的，拿不出太多帮助别人。"所以他心中会惦记还钱的事情，不会随意支配钱财，甚至他能快速还清你的钱。假如他确实有困难，一段时间后再向你借，那么你还可以再拿出一万。这时他心中的感受是怎样的呢？"一个能连续借我两次钱的朋友，在这个世界上没几个了，这才是真朋友，我一定要赶快还给他。"这样，他就不会觉得，你有钱却不帮助他。

人是很复杂的动物，有着很复杂的情感。在一些是非观念前，人们的逻辑往往是有点奇怪的，他们可能更在乎和别人交流的次数，不管以什么方式。"一回生二回熟"嘛！和一个人接触的次数越多，和对方成为朋友的概率就越大。而接受一个人的帮助越多会怎么样呢？这就更了不得，你将有机会成为一个"特别靠得住的朋友""很讲义气的人""值得交的朋友"。所以，把你能给的东西要逐渐地分开给别人，不要粗粗拉拉地一次性全给他。这并不是让你在和别人交往时多耍心机，而是每一个人都应该了解的人的心理。一次性给好多，和多次给一点，所带来的心理感受是不同的。前者是为了表现自己的豪气，后者才是真正在关注对方的基础上提供的帮助。将两者相比，当然是后者的帮助更在点上，更容易让人心生感激。

所以，在和别人的相处中，学会保留实力，也学会关注别人真正的需求，学会在不易的生活中和别人多建立有效的帮助关系。

4. 所有烦恼都可以用幸福来诠释

还记得网上曾经有这么个视频吗？一位记者采访一位老人，记者一本正经地提问："大爷，你幸福吗？"大爷有些拘谨地回答道："啥？我姓孙。"相信不少看过此视频的人都忍不住哈哈大笑。是记者问的问题不合适吗？还是老人的理解能力太差？其实都不是，是大家对于彼此的生存状态没有了解清楚。对于这个老人来说，不知道什么叫幸福，能够有个温暖的家，有三餐饱饭，能够有子女常来看望他，身体健康就是幸福无比的事情了。怎么才是幸福？如果问你这个问题，你会怎么给它下定义呢？对于乞丐每天能够吃上一个热乎乎的包子就是幸福的；对于一位妈妈，孩子每天按时吃饭、按时写作业就是幸福的；对于职场奔命的大家来说，加薪晋升就是最幸福的。既然幸福这么简单，为什么还有那么多表示不幸福的人呢？

"可恶,又迟到了,这个月的奖金又泡汤了!""妈妈,别唠叨了,都说了多少遍了,我的耳朵都出茧子了!""前面的车就不能快点开嘛,慢得和蜗牛似的,真不知道这驾照是怎么考出来的""你管得着我垃圾扔哪里嘛,和你有几毛钱的关系"……这些个抱怨,这些个想法,大家是不是都似曾相识?是不是都听着极为耳熟?那是因为生活就是这些个琐碎的小事情堆积而成的。这些个烦恼都不是烦恼,只是幸福的另外一种表现方式。如果迟到的话,奖金可能是没有了。但是面对就业形势十分严峻的今天,是不是还要庆幸我还有一份热爱的工作在做着?妈妈的唠叨听着就烦闷得很,但是要知道,世界上还有很多得不到妈妈关怀的孩子在角落里哭泣;每天死于交通事故的人不计其数,为了前面蜗牛式的开车而生气显得对于生命是如此不尊重。我们都应该庆幸,今天我还开开心心地活着;对于别人善意的提醒,要心存敬畏,他在帮你捡起已经掉到地上的尊严和道德。这些烦恼统统都是幸福的另外一种表现。转换思维,转变态度,发现厚重的乌云背后也是暖暖的阳光。

最喜欢《红楼梦》这本古典名著,十分钦佩曹雪芹的厚重的文学功底，怎么将人物刻画得那么生动，将中国的古诗词和故事架构、人物性格结合得如此紧密，一句话不多说，一个场景不赘述。虽然整本书很厚，但是读起来却那么津津有味，就像眼前展现出了当年宁荣两府的盛况，黛玉、宝玉、湘云、探春一个个鲜活的生命跃然纸上。里面的人物我最为钟爱林黛玉，许是年少轻狂，许是自诩不羁，对于黛玉的自怜总是体会得如此之深。细细想来，黛玉的种种烦恼也是她偏执的处世哲学所致。她烦恼为什么我就要寄人篱下，没有看到老太太对她的真心疼爱、各个姐妹对她的真心相待；她烦恼为什么宝玉经常和那些个姑娘玩儿，来她这里总是和她赌气争吵，实际上正是面对着自己内心有期许的人才表现得那么不尽如人意；她烦恼她的命运将会何去何从，殊不知她的好姐妹紫鹃却通过各种努力去为她寻找最好的出路。只需将自己的想法改变一点点，幸福就离自己如此之近，哪里会那么肝肠寸断乃至香消玉殒？这样的人物塑造固然有它文学上的经典意义，但是不得不说她的种种烦恼乃至最后心如死灰，都是由于自己的认识有偏颇。生活在幸福之中，怎就能视若无睹呢？除了一声叹息，再也说不出什么来了。

幸福不是得到的多，而是计较的少，不是你比我过得好，而是我比你过得知足。烦恼是什么？当孩子每天淘气地围在你身边打转的时候，你气恼他怎么就不能安静一会儿，让自己能够得空做一些自己的事情甚至偷懒一会儿，在心情不好的情况下甚至还冲动得会教训孩子一下，最后孩子委屈的哭声又让自己悔之不已。仔细想来，孩子的世界很简单、很单纯，他们的快乐就是围绕在自己最爱的人身边尽情地玩耍、嬉戏，爸爸妈妈的嗔怒对他而言只是吓唬。有这样的一个宝贝，是多么让人感觉幸福满满！他的身体是那么健康，他的动作是那么利落，他的笑容是那么甜美！为什么我们看不到这些让人感到幸福的一面，却总是心生烦恼地想到让人感到不满的另一面呢？只能说，我们发现幸福的能力着实差了些。当有一天，孩子长大了，懂事了，真的知道不该打扰父母的时候，他那么安静在做着自己的事情，你的心中是不是又陡然失落了起来呢？曾经的不听话，曾经的胡打胡闹，一切幸福都满溢在心间。原来，幸福一直在身边，只是以烦恼的形式一直存在着。

是不是常常听到妻子这么唠叨自己"快睡吧，都几点了，还在写报告，明天再写吧""你的车钥匙别忘记拿了，我看你随手扔在了沙发垫子上，小心别让孩子捡了去玩耍""吃饭多吃点，别老给我们夹菜，自己也得顾着"。或许她不能理解你那么晚了还在写报告是因为明天有一个重要的会议要开，而这份报告则直接影响到自己下一季度的先进评比；或许她不能理解既然你都看到了，为什么不能自己收拾起来还得和我说一声；她不理解的是我不吃肉还不是想让你们多吃些，还总是强调这些有意思吗？有时候妻子重复的唠叨让丈夫感到心烦，恨不得像打苍蝇似的让她立刻乖乖地坐在那里，任何话都不要说，只需做着你期望她做的事情就好。殊不知，她的唠叨是对你格外的关心，她心疼你的身体，熬夜毕竟是十分伤身的；她怕自己不能每时每刻都在你的身旁，所以一些事情一定要让你自己注意到；她也知道你是为了她好，但是还是忍不住地想多多劝慰你几句。这些日常琐碎的声音可能听起来觉得越来越烦，但是无处不是体现着爱，让人觉得幸福满满。有一个时刻在意、考虑自己的人是越发难了，因为爱是发自内心的，不能让她感受到你的回应是冷冰冰的。不然，烦恼终究就只是烦恼而已，与爱无关，与幸福相去甚远。

　　当身体没有亮红灯的时候，任何一点不称心的事情都能让人坐立不安，不断地抱怨怎么总是有这么多烦躁、不顺心的事情。但一旦有一天健康远离了你，你就会忽然发现，原来那些烦恼都是浮云，真正的幸福就是吃什么都香、身体倍儿棒这么简单。你烦你的爱人不理解你，我烦我的钱总是不够用，他烦为什么同事关系处不好。其实，烦恼就是幸福的另一副样子而已，我们要用真心去发掘它本来的面目，静下来，摒弃冲动，解除焦躁，慢慢地体会真正温暖心灵的那部分。岁月静好，何必过得如此急躁，湍急的河流之下那暖暖的一股清流你不仔细看是体会不到的。不要再做无病呻吟状，我们不但要有发现美的眼睛，还要有真切的感受幸福的能力。匆匆一生，原来都是幸福围绕。你不为之感动吗？我们要对生命充满敬畏，对自己充满爱戴，对生活充满激情，对烦恼展开笑颜。谢谢这些烦恼，可以体会到幸福如此之近，体味到人生如此之精彩。带着"烦恼"向着幸福前进吧！

5. 行为强迫症，你偷走了多少快乐

由于工作节奏的加快和生活成本的提高，人们愈发焦躁地处理着每天发生的大事小情，从有条不紊变成了手忙脚乱，从享受生活演变成了为生活所累。上班的日子里，每天都要饱受闹钟三番五次的"叫醒服务"，慌慌张张地奔去洗漱间洗漱打理自己，在看上无数次的钟表后，确认再不出发真是要迟到的情况下，咣当一声关上房门就飞出了自己的安乐窝，再然后就是跟着浩浩荡荡的大队伍挤上公交，手里刚刚买好的早餐都腾不出手来品尝一下，晃晃悠悠地就来到了自己的办公桌前。是的，一天的工作又开始了，心里虽然无数次地呐喊，但还得做案桌上的一堆堆的工作。

上面的场景，大家是不是都似曾相识？你、我、他都或多或少地经历过这样的职场生活，工作是生活的组成部分，是为生活提供物质保障和提升自我价值的方式。不过，越来越多的人完全将工作视为生活的全部，各种加班接踵而来，一切皆源于努力工作就意味着升职、加薪的概率会大大提升，从而就会收获更多的金钱和荣誉以此来达到自己对生活的更高追求。对于老板要求的工作，我们一而再、再而三地确认是否达成了他的要求，和他的最高标准还差几许，这样交上去会不会费力还不讨好，思虑再三，一篇工作日志写了改、改了写，最后甚至开始怀疑是不是最开始的那篇好些呢？顿时，又无从下笔了，到底怎么写才是老板心中最好的那个呢！顿时陷入纠结中……

大家是不是都有过这样的经历，不确定这件事情是不是做了，不确定报告老板的话是不是说了，明明已经给老板买了好几次的机票，不过在下一次购买时，还在核对人名和出生日期，简单的几个字却不厌其烦地念上四五遍，那聚精会神的样子完全不亚于等待彩票号码揭示那一刻，提交订单后，还不断祈祷着千万别出错啊！一件事情做下来，大脑高速运转，情绪极度紧张，即使完成了，在下班之后，还得不停地纠结："那个地方我写的时候没忘了吧，该交代的事情都交代了吧？"一直到坐在下班回家的列车上还在思考今天是不是忘记了什么重要的事。没错，大家都在一个症结里受折磨着，行为强迫症让自己愈发变得有些神经了。

在外工作的人们，每天一觉醒来就要背负起今天该有的责任，公交车是不是又是排了好长的队，这次不会上不去，导致上班迟到被领导骂吧；离单位最近的早餐店我去的时候应该还是有在卖早点吧，不想再空着肚子上班了；有一个同学结婚了，面对家里的催婚和每两个月的红色炸弹不禁眉头皱得更紧了；电话费刚交上，还有一大堆电话要打，我的电话费看来又扛不到月底了……想到了这千头万绪的事情，心就莫名其妙地提到了嗓子眼，工作要赶紧做。对于想到的事情我们没有更多的把握能够解决它，但是却一股脑儿地认为尽快地把手边的事情做好是最主要的。好像只有不断地完成各式各样的工作任务，生活才能不被辜负似的，活着才好像找到了支点，一旦停下来，心里就像被掏空了一样。

　　在家庭生活中，刚把孩子哄睡着，就迫不及待地给孩子准备第二天上学的书本，即使晚饭后就已经整理好，装到书包里了，但是就是不放心，还得全部都倒出来，再重新一本本确认好，再放进去。看着熟睡孩子的脸庞心里才觉得清净了些。准备清洗在衣篓里的一大堆脏衣服，每个裤兜都是翻了又翻，生怕不小心洗了什么特别重要的物件。同时，准备爱人明天出差要携带的一应物品，原来记好的行李单子怎么都找不到了，只能再从行李箱中一件件地确认。将这几件事情全部做下来之后，整个人都像虚脱了一样，或许此刻的愿望就是能够一觉睡到天亮，任何梦都不要有，让大脑休息一下。

　　其实，生活本不应该如此，这些都源于我们对于自己的不信任、对于外界事物的过度紧张和焦虑、对于生活的过度苛责。时间一分一秒地从指间流过，下一秒的事情我们掌控不住，上一秒已然发生，我们能够善待的就是现在的这一刻，为什么不能够冷静下来，不再逼迫自己。其实，生活的美好和快乐就被这一次次的自我强迫给偷走了，是我们自己亲手毁灭了原本应该快乐无忧的生活。在职场中，不管老板交给你的工作是如何繁琐和复杂，不管自己是在什么样的情绪下来完成这项工作的，都要像给爱人烹饪一次可口的饭菜那么愉悦。情绪是影响工作质量的重要一环，前后害怕左右担心的情况下是很难完成一份工作任务的。你担心这样做就导致这样的结果，又害怕那样处理是不是又太偏颇，所以一遍遍地在心里督促自己、警告自己，好好做，好好检查，不能出错。快乐地工作才是我们所需要的，要真诚地相信工作是调剂生活的，是美好生活的一种过渡方式。我们要的是在工作中能够实现自我价值，又充分地认定自己，同时带来一定的物质激励和荣誉标榜，一直患得患失，唯恐做错什么的心态是完成不了什么重要工作的。

生活不是案牍上那永远做不完的文件，也不是总也达不到的高不可攀的遥远目标，它是我们内心真正的宁静和香味。强迫自己，只会机械地操作，不会真正用心去体会。经常听到别人在抱怨，生活真是糟糕透了，真是没劲透了。我要说，不，生活是极为美好的，春天路边新发的柳树芽、碧绿春水上的野鸭、夏天的骄阳、湖边散步相依偎的情侣、秋天那金黄的麦穗、农民割草除虫的背影都那么让人愉快。我们为什么要急不可耐，为什么就是不肯稍做停留，工作永远做不完，事情永远做不到最完美，家人的事情也永远忙不妥善，为什么不能在做错事情的时候哑然一笑，没关系，再重新来过；不能在同事催促你完成的时候，一个玩笑打破自己那急躁如焚的心情；为什么不能在孩子不听话调皮捣蛋的时候陪他一起快乐地疯玩一次，重拾童年那无所忌惮的快乐。

生活的节奏是快速的，生活的压力是沉重的，正是因为这样，我们才要轻装上阵。如果心情郁郁、各种忧虑参与其中，便只能深陷心的牢狱之中，终身为其所苦。我们的心情要得以释放，我们的心是可以静静地享受的，上班路上的同行者们，一个微笑就能让自己的心情顿时好得不得了，一个谦让会让今天的坏情绪一扫而光。踏着清晨的阳光，聆听最真诚、最纯粹的音乐，看着人们彼此鼓励的眼神，一切是那么幸福满溢。给自己的心灵放个假，给自己的心情洒下一片阳光，去真真正正地活一场就好。生活就只此一回，生命就经历这一回，为了在以后的回忆中悔恨和懊丧不会比快乐更多，我们就该努力认真、快乐地生活。我们最应该努力的不是工作，不是毫无节制地索取，而是停下来，慢慢地，静静地，欣赏路上的风景，体会人生的芬芳。

动中取静，把香水洒在脉搏上

　　同样分量的香水，洒在脉搏上，比洒在其他皮肤上或衣服上，香味更

持久，也更利于其散发香味。这是一种把静变成动的智慧，不绕弯子直达目的，

却又毫不费力。用更简单的话说，就是要把力气用在点上。你的每一个行动、

每一句话语，都要有着有落，不要随意做事，更不能随意说话。一个聪明的

人，是能给自己的言行找一个合适的落脚点。只有这样，它们也才能发挥更

大的作用。

1. 你最终还是要食点儿人间烟火

"生命是一袭华美的袍，爬满了虱子"，我一直特别钟爱张爱玲的这句话，它让我对生活体会得特别深刻和透彻，五味杂陈，眼前就是那么一副真切的场景，用来表达生活怎么就那么贴切和形象化。从高中时候起，认识了张爱玲这个人，读她的文章心中总是隐隐作痛，就好像是时刻用啃食自己的血肉来铸就这细腻的文字一般。那时，我是那么崇拜这个魅力非凡的女作家，钦佩她怎么就能如此生动地表述自己的感情，对于世界和自我的认识剖析得如此之深刻、见地非凡。都说少年不知愁滋味，只是顶着好好学习的幌子看了各种光怪陆离的书，心中的体会也七上八下，到后来，竟然也说不出生活到底应该是什么样，才是最真切的。

近期，看了一档栏目，一个文艺范儿特别足的女孩被一个特别接地气的小男孩热烈追求着，但是似乎无论小男孩付出多大的努力，始终走不进这位女孩的精神世界里。在现实社会中，小男孩也慢慢觉得这个被自己爱恋的女孩是那么遥不可及。他关心的是她的饮食起居，她更在意的是自我意识的追求是否能更进一层；他每天就是上班、下班、买菜、做饭，晚上和她一起玩耍一下，而她则是在追求那尼采般的认识和追求。在她眼里，这个小男孩是那么俗不可耐，不能引起共鸣。在他眼里，这个女孩是那么像画里的一道风景，那么不切实际。他希望的是身体健康、平安喜乐；她开怀的是能去走遍天涯，只为寻找那最美丽的花。在我们这些旁观者的眼里，这个女孩已然脱离了正常社会的范畴，她只是活在自己的思想里，沉浸在自己的世界中，她是幸福的，同时又是不幸的，幸福的是她的追求是那么令自己神往和满足，不幸的是最为真切的幸福她没有看到，当然亦没有抓住。这两个人的结局我们可想而知，他终归是脚踏实地，生活在我们都真实体会到的生活中；而她拽着那根飞向遥远天际的风筝线，随清风起舞，写意人生。最终，可能她找到了那束最美丽的花，谁又能体会到她内心的喜悦呢？无人知晓，因为，我们毕竟是生活在现实社会中，每天不是工作就是家庭，还有的那点祈盼就是能够与爱人携手并肩，共度一生。

　　哲学上说，人是社会属性的动物，是群居动物，有着共同的意识形态，你若偏离太远，便再也回不去了。社会影响力是如此巨大，你若不改变，环境也会迫使你做出改变，否则磕绊、疼痛、悔恨终究是社会回馈给你的礼物。记得印象最深刻的是，大学室友对我的评价："你被教科书毒害最深的，是你一直那么单纯和幼稚，理解事情是那么表面化，看人接物也带着随意性，真性情被一览无余。"从学生到社会人的转换于我而言是一个痛苦的过程，于别人而言可能是一下子就能接受并改变过来，而我就是要非常努力地劝说自己理解和接受这样的社会，这才是最真实的社会，不是自己想当然和认为的社会，一旦发生的事和所自己认为的背道而驰，就陷入了痛苦的深渊。这是对社会认识的丢失，我要将它补回来。那时的我还不理解为什么非要认识那么多人，这样有目的性的认识不是纯粹的感情，而是带有利用成分的，所以在对于新朋友的交往中，我显得是那么缓慢与格格不入。自己不情愿，别人也别扭。想想以前，自己就像一个刚出生的婴儿，以为这个社会总是一片蓝天，人人都带着一张笑脸，个个清纯善良；实则不然，每个人都是一个社会利益的携带者，你的存在不单是个人的，而是会影响到他人的，同时他人的作为也是要有你的参与才可以完成的，所以连接性就显得尤为重要。非要鹤立鸡群，最后只能是得不偿失。

职场尤为能彰显此等现象。上下级之间，同事之间，领导之间，公司内外，处处都显露着这些社会属性。领导出差很多天归来，来到办公室却发现大家都没有注意到他，还是原来工作的样子，这样领导就会有种失落感，显得自己不被重视和尊重。此时，有个经常跟领导工作的员工站起来和领导热情地打了招呼，问了他一句："出差归来，您辛苦了。"不知道各位在忙碌工作的同事们都持有什么样的想法呢？肯定有这样一群人认为"马屁精，就你看到领导进来了，就你会说话"，他们觉得是这个同事抢了他们的风头，显得他们多么不懂规矩似的，所以就开始心存芥蒂，对这个同事有了不一样的想法。还有一群人还是该怎么工作还怎么工作，没有听到一般。最后一些人认为，"哎呀，这个领导应该打招呼的，不知道什么时候他的权力就会超过谁谁谁"。大家都可以对号入座，你是哪类人呢？

谁的想法都没有错，那个主动问好的同事确实是觉得领导为了公司的发展奔波是劳累的，他作为下属慰问一句是情理之中的。而领导则会认为他的工作没有白做，员工是看在眼里的，而且这个员工对于领导是尊重的，是有培养价值的。至于其他存有不同想法的员工的努力工作，还是会被领导打个折扣的。工作做得好不仅仅是你做出的成果是什么样的，更重要的是你在公司的发展中会起到什么作用，值不值得更深一步地塑造与培养。《杜拉拉升职记》是当年特别火的一部小说，也先后拍成了同名的电影和电视剧，杜拉拉被视为现代职场人奋斗的缩影。其中很多的场景我记得不是很清楚，只是记得杜拉拉要各办公室协调倒换时间、换办公室工作的那个场面，每个人都忙得焦头烂额，这个时候有一个人过来说要拒绝配合她的工作，以前我觉得这个人无理取闹，但是现在想想别人又是站在什么立场要来配合你的工作？你的任务分配和他们又有多大关系？你要了解清楚别人的需要是什么，才能将自己的需要与之相结合以便"对症下药"，不是以自己的利益来支配其他人。

　　工作了很多年之后，也碰了很多次钉子，被领导骂了很多次。一次次的教训让我们懂了很多为人处世的道理、真话、实话，对别人有益的话是不可以随时随地都说出口的，要看时间、场合，看对方的宽容心和忍耐度，你的好话对于别人来说或许就是一种伤害和否定，他是否需要呢？你不知道，但是你却天真地以为这是为了他好，殊不知于人于己都是否定和伤害。人有三面：表面、背面和内心的一面。在任何情况下，有时候，我们不能一味地特立独行，不能随心所欲，我们是要有社会主体意识的，否则，就会飘散在空气中，不能自持，任凭风沙雨大，还是会回到地面，那时的自己已经面目全非。圆滑也好，世故也罢，只是生活选择面对的方式不同而已，如果对谁都没有伤害，为什么还要极力排斥呢？

2. "跟风"一族，一个美丽的错误

每年还没到年底，设计师们就会发布自己设计的第二年春装；这一年还没到头，网上又早早地流传明年将会流行的发型、发色；每到一个节日前夕，商家为了搞促销，把节日炒得很热，让大家不过都觉得不好意思；每年网上会产生很多新的网络用语；每年都会有一些奇奇怪怪的所谓"时尚单品"冒出来，例如 2015 年流行的"长草"小发夹；还有，每年游戏公司都会设计几款新的游戏，大做广告……

我们生活在一个"创新"的时代，创新是所有公司进步的根本，于是稀奇古怪的东西层出不穷。更有趣的是，不管是不是有用，人们都会一窝蜂地买来过瘾，或者一窝蜂玩一样的游戏，好像身上不戴一个流行小物品、手里不玩一个流行的东西就会被这个社会淘汰一样。

然而，所谓流行，大多数人都跟那股"风"，他们可能都不清楚自己到底在做什么，只是别人做了，我也必须这样做，不能被别人落下。可是，我们仔细分析一下，大家就会知道有些"跟风"实际上有多么可笑。

那个"长草"的小头饰，不美，也没有什么好的寓意——难道人的头是一盆土？不雅，也没有什么现实意义，很多人突然"长"出来，不仅让人看不懂"时尚"，也让人觉得不伦不类，不懂到底有什么好"跟"。某个公司最近两年每年推出一款好玩的游戏，几乎成了全民的掌中玩具，"老少皆宜"，每个人手机里的音乐声都是那个游戏的背景声。如果说这些游戏提供了一种娱乐方式，让每个人在工作、学习之余得到放松的机会，那是无可厚非的。然而，游戏的开发者似乎并不打算止于此或者说玩家们实在没有控制自己的游戏。中国人见面打招呼喜欢问"吃了吗"，这几年不知怎么的，都改成了"你玩到几级了""那一关好困难，你怎么通过的"。不仅小孩们喜欢这样问，年轻人、老年人之间的对话也围绕着它，真是让人哭笑不得。随之而来的还有不少副作用：不管老少，大家都加入了"低头族"，各种病症如颈椎痛、双手发麻，也成了最"流行"的病。大家在工作的时候玩儿，下班的时候玩儿，聚会的时候玩儿，该睡觉时不睡觉还在玩儿……这么痴狂的玩法会产生哪些不良后果，想必大家都很清楚——工作受影响，人际交往受影响，身体健康受影响。

各种节日的跟风就更令人无语了。情人节吧，还好，反正情人们平常也会不顾一切地聚在一起，多个名头聚在一起，也只是在这一天多花点钱而已。圣诞节就有点荒谬了，中国人有几个信基督教呢？尤其是那些信佛教的人，过圣诞节的意义何在？这无非也是商家炒作的噱头，他们不需要你加入基督教，不需要你懂得圣诞节的来源，只要你能多去商场花钱就可以。可是，想必稍微有点常识的成年人就知道，除了真正信仰基督教的人（真正的信徒正确的过法当然也不是花钱购物吃大餐），没有信仰的国人跟着凑热闹实在是莫名其妙。最让人感觉可笑的还是父亲节、母亲节。梁静茹的《分手快乐》，这两句歌词深入人心："其实爱对了人，情人节每天都过。"我们也可以改成："其实只要是孝子，父亲节、母亲节每天都过。"不知道有多少年轻人，一年到头也想不到给父母做顿饭，带他们出去逛逛，甚至连电话都懒得打、家都懒得回，有时间也选择跟朋友吃喝玩乐，才不想回家面对两个老人。而到了节日呢？就不一样了，微博里、朋友圈里，全都是晒爸爸妈妈的照片，配的文字都是带爸爸妈妈去哪儿玩了、吃什么了。可节日一过去呢？谁还有心思管爸爸妈妈？那些晒，不是为了炫耀自己孝顺吗？不是为了让自己在节日里过得心安理得一些吗？如果平时能多关心爸妈，关心他们的身体和心灵，哪里还需要什么父亲节、母亲节呢？而如果一年到头对爸妈爱搭不理，只在节日这天分外热情，这节日还有什么意义呢？

这基本上就是我们每年的"跟风"内容。另外，还有跟随时尚风，买衣服和买鞋子的，相信大家已经对其中的门道深有体会，衣柜里有多少跟风买的从未穿过的衣服和鞋子，我们也清楚明白。所以，不数不知道，一罗列才发现，我们曾经不齿的"跟风"现象，在我们自己身上也在时时刻刻发生着。

所谓"跟风"，就是大家都一样。这根本带不来什么美感，这一点我们都很清楚。每个人跟风的初衷，其实也就是想让自己看起来随大流，美。这两个目的都不能达到，所以跟风的意义根本不存在。第二点，跟风必然会带来很多浪费，这点毋庸置疑。不管是你搁置墙角的衣物、生活用品，还是你拉着家人在人多嘈杂的饭店里吃到的节日高价餐。消费的时候很痛快，消费完了心里空落落的，因为跟风买的东西一般不会太满意。跟风带来的第三个"副作用"：跟风次数越多，时间越长，你会逐渐忘了自己是谁，你只跟着自己听到的声音走，别人说什么，你就做什么。久而久之，一定会迷失自己，淹没在完全一样的人群里。

有一篇非常好的文章，叫《我们为什么缺少特立独行的态度》，就是讲国人为什么喜欢随大流，喜欢一样的东西、做一样的事情，不敢或者根本不想做自己、做不一样的自己。这篇文章和"跟风"现象，似乎可以合并到一起来谈。人们之所以会有跟风这个动作，其实就是害怕自己"特立独行"，跟别人不一样。因为中国人对于"不一样"的人，往往会有微词。所以，大家更喜欢把自己归在大部队里，站在人越多的地方就感觉越安全。即使心中有不一样的答案，也不敢轻易地说出来；有不一样的价值观、爱好，也不敢轻易做出来。因为大家害怕因为"不同"，就遭受别人异样的眼光。而跟风呢，是一种"省钱"的行为，不是跟风买降价物品，就是跟风买了时尚单品，以为自己绕个近路就能时尚了，既省钱又省事。

跟风，说到底是一种同化行为。它把人们变得千篇一律，却又让人不知道是为了什么。于是，慢慢地，它会让我们变得没有主见，同时也失去自我的审美能力。渐渐地，可能更不知道为什么要坚持自我、坚持自己那点不一样的东西。所以，跟风行为，能停止就立刻停止。一个明确知道自己想要什么的人，绝对不会跟风。不要把时间花在研究所谓的流行上，把时间完全给自己，做自己喜爱的、想做的事情，只要不会伤害到别人，想必做什么都是没有错的。网络诙谐语说，人生苦短，必须性感。跟风的人是不会性感的。性感的人一定有自己的想法，不轻易为别人所改变。性感的人也勇于追求自己的所好，不要因为与别人不同而感到惶恐、自卑。

3. 停下来，旅个行

有人说过这样一段话：我和妻子结婚数十年，保持婚姻幸福的秘诀是每周都会去两次餐馆。周三她去，周五我去。

这看似是一个幽默的人轻描淡写说自己婚姻的趣事，实际上他的话却蕴含着生活的智慧，是我们每个人都该学习的。

每一个婚姻当中，两个人朝夕相处，每天四目相对，在一个屋檐下度日，非但没了结婚前的激情，还很容易产生矛盾。在婚姻高速运转的日子里，如果感觉到疲惫和厌倦，选择一个人出去，享受单独的空间，这是非常明智的行为。在一个人的地方，不想说话时不必说，不想笑时不用强笑，可以暂时不去想繁杂的家事，暂时不为家里的人担心。一个人在近乎停顿的时间里，完全把思绪交给自己，完全把心情交给自己。

在婚姻里觉得累了，就暂时"停下"婚姻。在整个生活中都一样，工作累了，就选择休息，人生有赚不完的钱，但心情只有一份，身体只有一个，这是金钱所换不回来的。生活需要逃离，当你觉得眼下的生活无法给自己带来快乐，只有无尽的烦恼的时候，不妨学着上面那对夫妻，各自逃离一会儿。一顿饭的时间不够，那就一次旅行的时间。

前阵子，"世界那么大，我想去看看"这句话席卷网络，成为人们的口头语，也唤醒了每个人心里那个相同的梦——谁不想来一场说走就走的旅行？可扪心自问，谁又能真的做到那么潇洒？面对工作、家人、爱人，或许逃离是对自己负责，但突然决定逃离可能就是对他们的失责。于是，这变成了一个遥远的梦，不时地在心里召唤我们，却总也未能成真。

可是，暂时没能成行的旅程，我们怎样去应对它呢？有些人想了无数次，又无数次把它打碎在现实里，暂时忘掉。在某一段时间想起时，又无比渴望，可最终还是要打碎，忘掉。于是做了很多年的梦，却一次也没有成真。还有一类人，现在虽然走不开，但已经安排了行走的日程。总之，这个念头只要产

生就不会消除，直到它真的实现。安排工作，安置家人，排出
档期向梦想之地出发。

不过呢，也有一种人，永远都不会想到停下工作，出去见
识美好的世界。即使偶尔心中也有一个想法冒出来，但都会被
自己打回去。因为在他们心里，没有什么比工作更重要的，没
有什么比赚钱更有吸引力的。

是的，对于我们每个人来说工作都是无比重要的，但工作
绝不是人生的全部。更何况，工作总会有瓶颈期、倦怠期；身
体也一定会有疲劳期，精神会有恍惚期。与其在劳累中还苦苦
支撑，效率低下，直到筋疲力尽，不如停下手中的工作，旅行，
充电。休息是为了更好地出发。相信这短暂的停顿，会让你在
工作中效率倍增。

有的人认为，停下工作是懒惰的表现。不管把旅行说得多
么"冠冕堂皇"，它都只是为自己的懒惰找到的借口。可是，
且不说劳逸结合对工作和生活更好，就算偶尔为之的"懒"，

又有什么错呢？人生不必时时刻刻都紧绷着一根弦，绷得太紧反而容易断裂。

李媛和冯可是大学室友，上的是大专，读的是教育专业。也就是说，两个人毕业后都可能去当老师。当然了，专科毕业生，最多也就是在县里的不知名小学当个任课老师。不过，李媛和冯可并不愿意按那个路线走下去，她们决定改变自己的学习路线。经过仔细商量和研究之后，她们报考了汉语言文学的本科自学考试，想先拿下文凭，将来有机会做编辑或者出国当汉语外教的话，也比在小县城做一个老师有前途。

自学考试一共有 12 门课程，有 12 本厚厚的教科书都要自学，然后接受测试，这对于一般学生来说是比较困难的。凡是报了自考的学生，每天都得抱着书本卖力学习，稍有松懈恐怕考试就不能通过。即使这样努力，一年也最多只能考 4 科或者 6 科。知道形势的严峻，一买到教科书之后，李媛和冯可就开始了认真学习。

她们除了上课之外，几乎剩下的时候都用来看书、做笔记。可辛辛苦苦读了两个月，才把两本书看完一遍。本来以为看完一遍就接近掌握，谁知道看第二遍时，她们发现竟然完全像看一本全新的书一样，一点看过的印象都没有。眼看时间一周周地过去，她们俩别提多着急了。但是没有别的办法，只好硬着头皮再看一遍。

不过，庆幸的是，看完第二遍的时候，她们感觉自己对整本书有了一定的熟悉度。因为第三遍翻开书的时候，她们觉得自己都看过，很多都记住了。那就继续努力。直到考试前两周，她们每人都把书看了 5 遍。在这段时间里，她们看得头昏脑胀，连睡觉都梦见自己在看书。虽然很累，但谁也没有提出休息。

就在这时，其他室友商量着一起去黄山旅游。李媛听到消息就拒绝了，并且说冯可也不会去的。可谁知，冯可一听说，就毫不犹豫地答应去玩。李媛诧异地看着她，她却劝李媛也去，游山玩水，换换脑子。李媛最终还是没有去。于是，李媛继续看了 7 天书，冯可大玩特玩了 7 天。

冯可回到学校后，还有 3 天就要考试了。她花半天整理自己的心情，接着又拿起书，准备再复习一遍重点。令她惊喜的是，自己看到那些分开了 7 天的知识，竟然一点都没有生疏，记起来反而更加容易了。她对这次考试充满了信心。李媛呢，因为脑子在书里泡了半年之久，虽然常常觉得晕乎乎的，但也对自己抱有信心。3 天后，两人同时考试完毕。一个月后，成绩出来，两人各报名的 4 科课程，冯可 4 科全部通过，李媛通过 3 科，1 科挂掉。

冯可对这个结果有点意外，她安慰李媛，李媛却愤愤地说："这不公平！我连校门都不敢出，每天认真看书！怎么会挂科！你浪费了一周去玩，为什么全都通过了？"

人们常常嘲笑懒惰，认为只有行动才能创造一切。但这少了一个前提，那就是在充分准备之下的行动才能创造出真正有价值的东西，这个准备中当然也包括心理准备。心不静，没有熟稔的思考和准备，就慌着去用行动兑换些什么，就是在没有充分准备的情况下，硬把自己逼到某个位置上，或者硬让自己承担某种责任。心不在冷静的状态下，而在浮躁的时候，当然不能做出正确、理智的决定。而旅行，或者说放空，就是让心静下来的过程。人是自己的，静一静也代表着一种心灵的旅行。不管你选择哪种方式，只要能达到目的便都是好的。

人生不能只顾匆匆赶路，必须先要对自己和当下的状态进行一个全面的审视，知道自己在某一阶段应该主攻什么，不要觊觎什么。一个安静的人，才能看清自己的样子、世界的样子，才能调节好自己与外界的关系，当然也才能更好地行动。

如果没有一颗成熟的心，没有冷静的思考，不管如何折腾也大多是无用功。要记住，你想经历的、你想要的，岁月都会慢慢给你。总是着急、赶着进入新的生命境地，即使做到了，也不一定完美，因为你准备得不充分，你实力尚未达到。最重要的是，还因为你丢失了一部分人生的风景。

4. 聚会，动则热络静交心

从小到大，你一定参加过大大小小无数次聚会、同学聚会、同事聚会、朋友聚会、家庭聚会，生日会、接风洗尘会、庆功会、娱乐会、唱歌的聚会、喝酒的聚会、吃饭的聚会、打牌休闲的聚会……总之，生活中总有很多的聚会，有人多的，也有人少的；有安静的，也有热闹的。

无论什么人参加什么风格的聚会，都是为了欢乐而聚到一起来的。聚会也本该如此——它本来就肩负着娱乐和喜庆的职责。一天忙碌的工作之后，或者一年辛苦的操劳之后，和同事策划一场聚会，叫上平日里严肃的领导，大家互相鼓励加油，也互相慰藉彼此在工作中的辛苦，说一些只有这个行业这个公司的人能听懂的"职业笑话"，工作的疲劳一扫而光，觉得再辛苦也是值得的。

被生活的琐碎搅得有点心浮气躁时，有点厌烦在家里做饭、吃饭、洗碗、看电视时，约几个好朋友去吃热热闹闹的自助餐，或者定一个KTV包房，大声唱出生活的烦恼，歌唱彼此的友谊。

在聚会里说说生活的烦恼，小烦恼被朋友们调侃一下，大烦恼有好哥儿们好姐儿们安慰一下。这样说一场、笑一场、唱一场，等深夜坐上回家的出租车，感觉什么烦恼都烟消云散了。

不过，你有没有想过，除了娱乐放松，和老友、同事联络感情之外，聚会还可以有另外一个意义，就是展现自己的善良、热情、才华等美好品质，或者趁机结识一个新的朋友的场合。那些热闹的聚会，适合前者；相对安静一些的聚会，则可以发挥后者。

要知道为什么聚会还有那一层意义，我们还是要围绕为什么会有聚会讨论一下。社会发展到今天，聚会越来越多。人们的生活条件越来越好，有更多的金钱来娱乐，这是其中一方面。另一方面是因为，人们生活的压力越来越大，聚会就是暂时忘掉压力的地方。在聚会里，人们会默契地只谈论高兴的事情，或许也会说一些自己的烦心事，但那些会引起大家郁闷的普遍问题——如工作压力大、家庭压力大等问题，却是大家不约而同地避开的。本来聚会就是出来找乐子、释放压力，何必说这些令人不快的事情呢？所以，聚会上你能看到推杯换盏，能看到人们讲笑话，看到大家谈论八卦，但很少听到人们说那些真正关乎自己生活的大烦恼。可是，那些避而不谈的事情不会消失。等到第二天醒来，大家还是会为它而感到烦心。所以，我们在聚会的时候，就多了一件事情可以做。

只要不是 3 个人的聚会，我们都可以把一些烦心的事情在两人之间进行讨论，只要不搅得大家都知道就可以。比如有 10 个人聚餐吃饭，别人在开玩笑，你看到旁边的人愁眉不展，就可以关心地问一问，如果他愿意说，那么你就扮演一个倾听的角色，让他一吐心中的不快。如果他不愿说，你也不要勉强，说几句安慰的话，跟他喝两杯酒。这样，那个人一定会对你大有好感。最起码，因为你的关注，他会觉得自己孤独的心还有一丝依靠，有人愿意来了解和倾听自己。如果回家后他仍然陷在烦恼里，也许会叫你出来陪他。一来二去，你就会多了一个知心朋友。当然了，如果只有 3 个人的小型聚会，就不要两个人窃窃私语了，否则第三个人一定会感觉到被冷落，心里埋怨你们没礼貌。

另外，如果在 KTV 聚会，也可以利用歌曲拉近你和某个人的距离。比如你觉得有一个不太熟的朋友很不错，人品好，性格好，你想和他成为更好的朋友。那么就在他点歌的时候，说上一句你也很喜欢这首歌，并且顺着这个话题，还能聊聊彼此其他的爱好。如果你懂得一些谈话技巧，能让对方觉得和你聊天很愉快，那么恭喜你，他心里已经在喜欢你了。这一招也可以在吃饭的时候用，对方点菜和点歌一样，都能让你"借题发挥"。

当然了，不管用什么方法接近一个朋友，我们的目的都是好的，不是为了伤害谁，也不是为了利用谁，只是给彼此一个认识新朋友的机会。要知道，这个世界上虽然人很多，但遇到一个知心朋友的概率并不比遇到一个真心爱人的概率高。所以，当你遇到一个你欣赏的人时，不要犹豫，赶快行动吧！

于菲菲是个特别善于交朋友的人。从上学时开始直到现在参加工作，她每到一个地方，总是能很快跟那个圈子的人打成一片，彼此热络起来。她并不是个心机深重的女孩，但她似乎天生就有一种和别人愉快相处的本领，几乎没有人能无视她的示好。这个非常实用的天赋，也帮她在很多场合顺利应对，且偶尔能"抓住"一两个志同道合的人做朋友。

于菲菲上班时间还不长。她长得年轻漂亮，性格活泼，到公司没多久，就有很多男同事喜欢和她聊天，时不时也会逗她玩儿。这本来是件好事，但人太过受欢迎也会带来困扰。这不，虽然男同事都喜欢于菲菲，但女同事们却总是横眉竖目地对待她，没有一个人愿意接近她。于菲菲很聪明，她当然知道，太受男人欢迎的女人往往没什么女人缘。但是，自己还要在这里工作，不和女同事打好交道怎么能行？

于菲菲上班两个月后，成功转正。在拿到正式合同的这一天，于菲菲约了办公室所有同事吃饭，她请客。女同事们虽然心里不情愿，但也不愿闹僵，也都同意前去了。

到了饭店以后，于菲菲耍了一个"小心机"，她把同事们的座位男女相隔，每个女同事左右两边都是男同事，自己则坐在了两个女同事中间。开席不久，于菲菲就笑着说："我刚来公司的时候吓了一跳，怎么女同事个个都那么漂亮？我在你们中间哪儿能抬得起头啊？瞧瞧，小美女们长得像花儿似的，男士们绿叶一样地围绕着……"几句话，就说得在场的几个女同事心花怒放、小脸通红。

于菲菲见有了一点效果，就开始敬酒。几杯下来，女同事们因不胜酒力都有了一点醉容。于菲菲见时机已到，拿着酒杯，挨个到女同事旁边去敬酒。她不光敬酒，她跟每个人都说了一番心里话，说出了自己对她们各自敬佩的地方。这样一来，女同事们也纷纷吐露真言，有三个女同事竟把自己的"小秘密"告诉了她，包括暗恋哪个男同事、有过几个男朋友、在办公室最害怕的工作是什么等。最后阶段，几个女同事喝得开心了，把男同事们赶到一边，自己包围了半个桌子，喊着要"义结金兰"……

这一场酒宴下来，于菲菲交到了两个知心好友，跟所有女同事都化解开了"心结"。

中国人喜欢在酒桌上谈生意、在聚会上谈合作，现在看来，也有其中的道理。在饭桌上、KTV 里，在那些没有利益、只有娱乐的地方，人们笑着喝酒、谈笑，把一切防备心理都暂时放下。这样的聚会，也是拉近和大家的距离、化解和某人矛盾的绝佳机会，怎么可以随便浪费呢？从下一场聚会开始，不要再傻傻地躲在角落里，把自己的心门打开，也把别人的心门打开吧！

5. 你不必做面面俱到的人

曾经无数次地听到别人无奈的言语，"我不是人民币，做不到人人都喜欢"。这句话听上去有些无奈，但是却道出了最为真实的社会生存状态。每个人都在极力做好每一件事情，甚至涉及的方方面面都要考虑得周详、细致。一旦有个想不到的地方，内心就将十分的挣扎与苦闷。每个人做事都力求完美，几乎到了求全责备的地步，不是领导的严厉要求，就是自己内心最为偏执的做事原则所致。一件工作的完成，既要符合自己内心的期望，又要和领导的预期差不多，还不能和其他有关系的同事有冲突。将矛盾尽量地最小化，将摩擦也消灭在还没有苗头的时候。其实，做到面面俱到是最高要求，但是真的达到那个境界，心就能够放下了吗？

《鹿鼎记》这部金庸的经典小说被无数次点读过，同时也多次地被改编成电视剧搬上了荧屏。韦小宝，一个市井小混混，机缘巧合下，进入了大清宫廷，有幸成为年轻康熙爷最为倚仗和信任的身边人，一方面他和诸位权贵大臣周旋到底，一方面他还要处理纷繁复杂的江湖争斗，最后，他是九位夫人都誓死跟随的韦爵爷，也是宫廷内十分害怕机密泄露的被追杀之人。他这一生，让大家惊叹称奇的，除了他的机缘巧合，更多的是他左右逢源、八面玲珑的处世哲学，也恰恰是这样的处事原则，也让他在人生的道路上走得战战兢兢、如履薄冰。虽然自始至终，他坏坏的笑总是挂在嘴角，实际上内心的孤独和恐惧也是无人能够知晓。当双儿被掳走，要拿94张经来换取的时候，他选择了义无反顾，但是也是险中求胜。如果职场如他，不是早就因心力衰竭而亡？我们钦佩他的勇气，羡慕他的机遇，惊叹他的智慧，让我们印象更深的、心生悲戚的是他的一生。面面俱到，何其之难？戏剧化的影视剧或许还能有人做得到这一点，让我们对于自己的职场规划有那么一点点的心存侥幸。不过，面面俱到，常常是漏洞百出。

这些场面是不是大家都似曾相识：针对大家经常迟到早退的现象，领导让负责人事的你出台一个管理规定，目的是杜绝这种现象。所以针对这个现象，你绞尽脑汁，一方面不想让领导对于你的能力有所质疑，另一方面不想让各位同事对你的制定有所微词。大家背地里嘀咕，说你拿他们给自己做晋升的筹码。回到家里和家人说到这个事情，可能家里人独善其身的思想就会凸显出来："那么认真干吗？糊弄糊弄过去就算了，真追究起来，那些同事还不得用唾沫星子淹死你，你就是个不会做事的人"。此等的劝慰让自己更加焦躁和无奈。难道就没有一个万全之策让所有人都对自己的工作结果大加肯定和赞赏吗？冥思苦想了一晚，错过了当天最喜欢看的电视剧，也和爱人有了不愉快的情绪，第二天起床还要依旧想着解决这个头疼的问题。

每个人都是极为关心和自己切身利益相关的事情，"各人自扫门前雪，休管他人瓦上霜"，听上去是那么不近人情和自私自利，但是在现实生活中，我们却要重新解读一番。利益都是牵扯不断的、撇不清的关系，一件事情牵连了方方面面，对每个可能涉及的方面的影响都是不一而足的。就像一瓶插花，不能做到从各个方面看都是那么完美无缺，总是会有特别突出的部分来掩盖那稍许不妥当的地方。放大闪光点，避免缺漏处，这才是我们应该去做的。

就像刚才说到的事情，或许自己有时候也会遇到迟到的情况，这个时候真心希望领导对这个紧急事情所产生的迟到不要太计较，放自己一马过去。但是，一旦自己变成了政策的制定者，看事情的角度就完全变了。一旦别人破坏了这个制度，就不像自己发生的那样理解和迫切地帮他解决。只是尽量依照制度执行，这个时候，本来紧张的同事关系就会降到冰点。但是领导看待你的方式究竟会怎么样，是肯定还是否定？自己心里在犯着嘀咕，看到同事的白眼，哎，一天的心情顿时就呈现灰色的，比外面的雾霾还要严重。

不管是在什么岗位上，和人打交道是必不可少的。在处理与上级、下级、平级以及外面的客人的关系的时候，做到人人都喜欢，人人都爱戴是何其之难，我们的生活原本就不应该过得如此小心和无奈。希望把事情做得面面俱到，却经常是顾此失彼。想着应该对孩子没完成作业的事情不用进行那么严厉的指责，可能是他身体不舒服等原因所致；想着对于爱人的吐槽不予理解，他会不会也心有戚戚地开始一天的工作？对于同事的排挤心里有很多委屈，没有地方诉说。一个人的精力是有限的，能力也是有限的，时间就是那么多，心思就是那么多，分给了这些地方，就无处安放其他的事情。阴霾进入的多，阳光进来的就会少。

工作，只要做到问心无愧，对得起自己的薪水，对得起自己的价值，担得起这个职位，其他的就不需考虑得那么多。经常听到这样一句话，你摸着自己的良心说你做得对不对？是啊，我们只要能够静静地聆听自己内心最真实的声音，做着不损人利己的事情，即使招来一些误解、一些白眼，都是可以被这种正直有道德心的情操和德行来化解掉的。不是针对某些人来特意做的规定，不是为了处罚而处罚，是在规避不道德的行为、杜绝可耻的行为出现，才会应运而生那些操作起来影响到别人利益的事情。如果大家都按规矩走，就都会相安无事的。

家庭，只要负担的了自己的责任就好。夫妻之间相互理解和支持，婆媳之间善待彼此，子女之间要真心疼爱。从最真实的内心出发，总会得到最好的结果。面对种种的家庭不和谐，我们要秉心静气，工作的不顺心不能祸及家庭中来。我们也不能固执地认定，如果一项任务完成得不好，那么下一个任务一定要比这个任务完成得好 10 倍以上。所以，在极度紧张和焦虑的情况下，家庭琐事容易处理得一团糟。这个时候，是不是各种阴郁、挫败的感觉都会铺天盖地而来呢？不要想着所有的事情都能处理得恰如其分，那是最为理想化的境界。目前能够做到的就是最好的状态，只要一方面的好处是显现的，另一方面的不足是能够慢慢补上去的。

　　人生的路很长，到处荆棘丛生、杂草满地，思想能够担负的事情是有限的，内心能够承担的事情也是足量的，十个手指头还不一般齐呢，为什么事情都要做到尽善尽美、面面俱到呢？关键是达不到那个要求的时候，内心的失落将被无限地放大，自我否定的意识又占为主导方向，久久盘桓在自己的脑海中挥之不去。接下来所做的任何事情的效果都将不是最好的。这种种的行为都是负能量的衍生，是自我追求最完美化的反面创伤，并且和最开始的那份期冀背道而驰，得不偿失。一棵树，总在极力向适合它生长的方向努力着，一朵花也是在最好的时节绽放它的精彩。大家要做的也是在最好的年华里，开出属于自己

最美丽的花，吐露自己的芬芳。随缘的事情还是交给缘分来处

理吧！